U0566038

西藏天空

阿来

人民文学出版社

图书在版编目(CIP)数据

西藏天空/阿来著.—北京:人民文学出版社,
2021(2025.1重印)
ISBN 978-7-02-015756-3

Ⅰ.①西… Ⅱ.①阿… Ⅲ.①长篇小说-中国-当代
Ⅳ.①I247.5

中国版本图书馆CIP数据核字(2019)第199913号

责任编辑　李　娜　杜玉花
装帧设计　蔡立国

出版发行　人民文学出版社
社　　址　北京市朝内大街166号
邮政编码　100705

印　　制　山东新华印务有限公司
经　　销　全国新华书店等

字　　数　120千字
开　　本　889毫米×1194毫米　1/32
印　　张　7.5
版　　次　2021年7月北京第1版
印　　次　2025年1月第3次印刷

书　　号　978-7-02-015756-3
定　　价　58.00元

如有印装质量问题,请与本社图书销售中心调换。电话:010-65233595

人物表

普布——贵族夏佳家朗生（家奴），男，故事开始时年龄在十岁上下。夏佳家少爷的贴身奴仆，后被迫出家为僧。西藏民主改革后，他对于机械的热爱才得以释放，他成为卡车司机，拖拉机手，八十年代初期和当年的少爷丹增合办了普布丹增学校。

央金——贵族夏佳家朗生（家奴），普布的妹妹。贵族太太的贴身女仆。民主改革后，成长为西藏最早的一批农业合作社社长，后来成为国家脱产干部。

阿妈——普布和央金的母亲。故事开始时三十多岁，为夏佳家酿酒房朗生（家奴）。起初她是农奴悲苦的化身，但老到六十多岁就不再老去，而成为脱离故事纠葛的一个安静的角色。

丹增——贵族夏佳家少爷。故事开始时十岁左右，拉萨英语学校学生。西藏和平解放后的五十年代是一个进步青年。西藏平叛后远走异国。六十年代中回归祖国，成为一名英语教师，后来和当年的奴仆普布合力创办了普布丹增学校。

夏佳老爷——丹增父亲，故事开始时是三十多岁，在西藏和平解放的进程中抗拒历史进步，后远走异国。

夏佳太太——丹增母亲，五十年代末，随丈夫远走异国。

杨谨——医生，随十八军先遣支队进入拉萨时二十出头。后来，以工作队员的身份长期在夏佳庄园（民主改革后的夏佳乡）帮助工作，和央金一家以及丹增结下了深厚友谊。

吴医生——外科医生，杨谨的丈夫，随十八军进藏。丹增少爷最初的觉悟就是因为他的影响。后来为西藏人民医院外科主任。

罗布次仁——家奴，夏佳家老爷的贴身仆人，故事开始时十七八岁。身为农奴，却因随侍老爷而在农奴中高人一等，西藏平乱后，追随主人远走异国，但在西方的人文环境下，有所觉悟，并通过法律诉讼解除了和主人的主奴关系。

多哲活佛——故事开始时五十来岁。普布出家后的师父，一个追逐俗世利益甚于佛学研习的高级僧人，也是旧西藏宗教制度既得利益者的代表。

沃顿——英国人，拉萨英语学校的教师，年纪四十上下，被保守的寺院势力逐出拉萨。六十年代初，在丹增浪迹的海外以另外的身份与面目再次出现。

格桑书记——在故事中出场于民主改革开始的年代，夏佳乡党委书记，一个坚定的革命者，央金的丈夫。抢救被洪水威胁的电站时牺牲。

伙房卓玛——夏佳乡炊事员，普布的妻子。

小卓玛——央金和丹增的女儿。

吴格桑——被吴医生夫妇收养的藏族孤儿。

1 一座小山岗

两个少年气喘吁吁地在山路上攀登。

两个少年坐在山顶。

周围是嶙峋的岩石和稀疏灌丛。

他们背后，深蓝天空下是山神祭坛上插着的象征箭的密集木杆和缠绕在箭杆上的五色经幡。

视线往前，是布达拉宫。

往后，山下是帕拉庄园。一幢高耸的建筑被一些低矮的建筑所环绕。这些建筑又为河流、柳林和庄稼地所环绕。

起风了，背后的经幡被吹得噼啪作响。

丹增少爷伸腿踢了仆人普布一脚。

普布笑道："少爷是想回去了？"

丹增又踢了他一脚。

普布敏捷地跳下一米多高的悬崖。他趴在地上："请少爷下来！"

丹增顺着岩壁往下出溜身子，双脚探寻普布的后背。

普布把身子再拱高一点，丹增踏到了他的后背。这时，丹增少爷双手攀住的岩层因为风化而松动，他和那些松动的岩石一起滚落下来。

普布惊叫一声。

丹增却从身上拂去那些岩石的碎块，哈哈大笑。

普布也笑起来。他把落在两人身上的碎石一个个拿开。

一块形状奇异的岩石吸引了他的目光，他把石头递给丹增："少爷，这是什么？"

丹增吹去石头上的碎屑，一块化石呈现在他们眼前。那是一块海螺化石。一半凸显出来，一半隐入石中："好像喇嘛们手中的法螺。"

"那就问问多哲活佛！"

丹增摇摇头："我想还是问英国老师吧。"

2 拉萨街头

丹增和普布从临街的楼房中夺门而出。

早晨的阳光十分耀眼。斜射的光如一道帘幕,使得眼前的街景模糊不清,喧闹的声浪扑面而来。

拉萨四十年代的街景清晰起来。转经的僧俗人等构成的人流,巡逻的警察,乞丐,很多野狗,临街顾客稀落的商铺。楼房顶上,挑在树枝上的彩色经幡招摇,青色的桑烟升腾而起。街道尽头,大昭寺的金顶闪闪发光。那也是转经祈祷的人流涌去的方向。

丹增少爷空手而行。

仆人普布带着少爷上学的一应用具:一个包袱挽在手臂上,缝隙中露出一角课本;胸前挂着一块习字的小石板,石板上面还有残存的粉笔字迹——英文和藏文。

3 英文学校教室

丹增和普布冲进教室。

英国老师沃顿站在窗前，看见丹增进来，眼睛一亮。

教室里多半的位子都空着，前来的学生不到三分之一，他们年纪不一，小的十来岁，大的，已经十八九岁了。

丹增喘着气，在最前排自己的位置上坐下。

普布打开包袱皮，把课本、竹笔、墨水瓶和习字板一一摆放在课桌上，然后，走出教室，趴在窗口，专注地盯着教室里面，同时用手指在窗玻璃上下意识描出几个英文字母和藏文字母。

英国老师走到黑板前，用英语说："那么，是上课的时间了，"他看着那些空座位，"先生们，没来上课的，我不会责怪。你们来了，我很高兴！虽然，我只是来宣布这所短命的学校正式关闭！"

下面响起了有些压抑的零落笑声。

学生们各自散去。

普布进来收拾少爷的东西。

丹增走到老师面前，想说什么却又说不上来。

还是沃顿开了口："听说你会去印度继续学业，我很高兴。"

丹增从怀里掏出那块石头，递给老师。

沃顿接过化石，戴上眼镜："一块化石，海螺化石。你在哪里找到的？"

"我家背后的山顶上。"

"是的，这说明西藏过去曾经是海洋！后来，变成了高山！"

丹增："可是……"

沃顿："可是什么？"

普布大声说："有世界的时候，西藏就在南瞻部洲的中央，没有海！"

沃顿接过话头："海只是环绕着南瞻部洲，海在世界的边上！可是，我要告诉你们，这只是喇嘛们愚蠢的说法！"

沃顿把化石递还给丹增："那么，我们该说再见了。"然后，夹上皮包昂首走到门前。他猛然止步，不然，身材并不特别高大的他就碰到门框了。他嘀咕了一声"上帝"，低下头出门去了。

教室里空空荡荡。

丹增把化石递给普布。

普布接过来，细细端详，而且，有些激动："是真的吗？"

门，被风吹动着，吱嘎作响。风还吹起了黑板前的粉尘。粉尘飘到窗前，在天空的背景下，消失不见。

字幕：1944 年，开办刚刚半年的拉萨英语学校被迫关闭。

4 拉萨街头

下午，强烈的太阳光依然斜射，但不像早晨那样清澈。阳光里飘飞的尘土，杂乱的声音，显出尘世的浑浊。

两个少年在街头闲逛。

丹增若有所失，普布兴冲冲走在前面，回过头来，倒退着走，对落在后面的丹增大声说："老爷说，少爷去印度上学要带着我！"

少爷闻声笑笑，把手举到额头上向前望去。神情却变得严肃了，他跑起来，赶上普布："站住！"

普布挣扎一下，没有挣脱，他随着少爷的目光望出去，脸上的神情也变得紧张了。

大路的前方，一队人马正在走近。

十几个人组成的，着英式服装的藏军小方阵在前面开路。之后，是吹奏着喇叭的藏兵乐手和吹奏着唢呐的僧人乐队。再之后，是一行骑在马上的着官服的噶厦的俗官与穿紫红袈裟的僧官。再之后，是一辆垂着黄绸窗帘的奥斯汀轿车。上午，斜射的阳光，使得那汽车的玻璃和金属车身都在闪闪发光。汽车后面，又是官员和藏兵。这列队伍后面，还逶迤着那些僧俗官员的仆从们。

队列一本正经地行进，激起了一片灰蒙蒙的尘土，长长地拖在队列后方。

尘雾后方，是布达拉宫高耸的轮廓。

街道两边，行走着的、从事着各种工作的人们都停下来，乞丐也停下来，向着那个渐渐走近的队列张望。其间，各式各样的表情被迅速统一：敬畏而恭顺。所有人都匍匐在地。有人再抬头张望时，额头上都粘满了尘土。

丹增和普布也匍匐在地。

普布抬头看丹增少爷时，额头上粘了一团尘土。

丹增把普布脑袋摁在了地上。

沉重杂沓的脚步声、马蹄声、汽车引擎声渐渐逼近。

藏兵吹奏的军乐声和僧人吹奏的唢呐声近了，皮鞭空抽的声音十分响亮，就在头顶炸响。然后，是汽车引擎持续的越来越大的声响。

普布头贴在地上，抬眼觑见，藏军穿着皮靴的脚步从他跟前走过。

他向前爬行了几步。

僧俗官员们的马蹄从他跟前踏过。

他又向前爬了几步。

丹增发现了，去伸手拉他，却连他的靴子都够不着了。

丹增脸上浮起了惊恐的神情："普布！"

普布没有回头。他被咫尺之间的缓缓行驶而来的汽车迷住了。这时，仿佛时间也变慢了。虽然从他匍匐的视角，只能看到汽车不完整的部分。闪闪发光的车头、保险杠、前栅、旋转的轮子。带花纹的有弹性的橡胶外胎，碾过土路时，一些小小的石子"噗噗"作响向四旁飞溅。金属轮毂闪闪发光。他稍一抬头，看到车窗后的黄色窗帘被撩开一点，他只看见一个模糊的面影，黄窗帘又垂下了。他又趴下，看见汽车的底部旋转的轮轴在呼呼转动。最后，是汽车的尾部。他完全被这些为不可知的力量所驱动的机械之美迷住了，对四周响起的凶狠吆喝声充耳不闻。他被狠踹了一脚，身体在地上滚了一圈，眼睛仍紧盯着汽车。

眼见这情景，丹增几乎瘫软在地上。

普布飞快地向前爬行，想追上汽车，全然不知自己在这支煞有介事的队伍中引起的混乱。

汽车猛一加速。排气管冒出的黑烟把他眼前的一切都遮没了。

同时，护驾的藏兵和喇嘛一拥而上，靴子和皮鞭都落在了他身上。丹增绝望地趴在地上，呻吟般地："普布。普布。"

粘满一身尘土的普布被身强力壮的藏兵拎起来："竟敢冲撞佛爷圣驾！"

普布粘满尘土的脸上流出了血，却露出痴迷的笑容："我看见了！没有水，轮子也在转动！"

他被扔在地上，皮鞭与靴子又落在了身上。

丹增跪行着爬过来："大人开恩，饶过我家的奴才！"

藏军官发出命令："把这两个小崽子抓起来！"

这时，前面穿着三品官服的座下马停住了。一个下等官员跑过来："传噶伦老爷话！不必跟两个喜欢新奇东西的孩子为难！"

那个藏军官追上去，站在我们只能看到一个威严背影的噶伦老爷面前。然后，那个军官又回来，悻悻地对两个孩子说："滚吧！"

5 夏佳家城中住宅，走廊

丹增和普布上楼，在楼梯口，仆人罗布次仁指指客厅门，对普布做了一个威胁的手势。走廊上，几个穿着低级官服的人一声不响，目光阴郁。

普布立即僵立不动。

丹增少爷放轻脚步走到客厅门口。一个高踞椅子上的背影出现在他面前：光滑的辫子缠结着宝石。锦缎的官服裹着宽阔的双肩。坐在他对面的是丹增的父亲夏佳老爷，一脸谦恭的笑容。我们已经在演习达赖出行的行列里见过这位老爷的背影了。

噶伦老爷的声音："如今的拉萨，贵族家的少爷都觉得外国人的怪念头稀奇新鲜，只不过夏佳家还多了个更加好奇的仆人……"

"有噶伦尊上的照拂真是我夏佳家的福气……管家会把谢银亲送到府上。"

噶伦老爷撑着椅子扶手，站起身来，露出嘲讽的语调：

"哦，银子……就算是跟那奴才等身的重量又有多少？前世佛爷留下的汽车修好了，今天，只是佛爷出行的一次演习。要是佛爷真在汽车里，我也……"

"马上我就带他们回庄园，重重惩罚！一定要重重惩罚！"

不等噶伦老爷转过身，丹增赶紧避进旁边的房间。

普布正要跟着溜进去。管家出现在走廊上，一脸阴鸷，对跟在身后的两个人说："拿下！"

两个人上前扭住了他的胳膊，普布挣扎着，肚子被狠狠击了一拳。他哼哼一声倒下，被捆了起来。

夏佳老爷躬身送噶伦老爷下楼。噶伦老爷身子从楼梯口矮下去，声音却留在上面："自家牲口的毛，还是自家理顺的好。"

夏佳老爷："明天回庄园慢慢收拾他！"

丹增从门缝里张望着走廊里发生的一切，脸上混杂着惊惧与怜悯的表情。

6 路上

贵族夏佳一家从拉萨城里回乡下的庄园。

主子骑在马上。少爷丹增也骑在马上。

背枪的家丁在前面开道，背着东西的仆人逶迤在后面。

最后的那匹马后拖着捆着双手的普布。他跟在马背后，脚步跟跄。

还有多哲活佛带着几个徒弟也随行在队列中间。

夏佳老爷回头望了一眼那只口袋，他放慢了座下马的步子，等丹增的坐骑赶上来和他齐头并进。夏佳老爷笑笑，问丹增："儿子，你说我们该怎么惩罚你胆大妄为的仆人？"

丹增脸色苍白："老爷不是正在惩罚他吗？"丹增忍不住回望一眼普布，"老爷，他会死吗？"

"下等人命像草一样，你以为一脚踩死了，可一抬脚，他们又活过来了。"

丹增说："我害怕。"

夏佳老爷的声音里有了怜爱的意味："那是你还没有长大。那么，少爷，这家奴该当何罪？"

丹增低下头："我不知道。"

老爷挥挥手，家丁把拉着普布的马赶上来，走在老爷和少爷中间，老爷提高了声音："眼睛老想看不该看的东西，该挖眼。双脚带他去追逐不该追逐的，该砍腿。少爷说该当哪一条？"

丹增少爷低下头，没有吭声。

夏佳老爷转脸对多哲活佛说："少爷不忍心，那我只好请多哲活佛在神前问卜，求神的旨意了。"

普布立住脚，嘴里发出了低沉的呼喊。但他终究敌不过马的力量，还是被马拖着迈开了步子。

丹增少爷脸色越发苍白，汗水涔涔而下。

老爷愤怒了："把这畜生的嘴给我堵上！"

家丁扑上去，却被普布张口把手咬伤了。

管家叫人张开一条口袋，家丁抬起他的双脚，普布的身子被装进了口袋。家丁解他双手上的绳索。普布脸上露出惊恐的表情，像一条离水的鱼一样张大了嘴拼命呼吸。

少爷在马背上张大了口拼命呼吸。

他的目光和普布的目光碰上了。

普布脸上露出了乞怜的表情："少爷……"丹增把脸转开了。

普布的脑袋被摁进口袋之前，他眼中乞怜的表情变成了绝望的愤怒。

丹增在马背上摇晃一下，要不是多哲活佛手快扶住，就跌下马背了。

大家一阵手忙脚乱，但少爷还是依然如故。

这时，雅鲁藏布江岸上，由柳林与平展的田畴环绕的夏佳庄园出现在眼前。夏佳老爷用手里垂着红穗的皮鞭指指河谷中的一切，对丹增说："我是要死在你前头的，庄园，田产，还有这些家奴将来都是你的，可是你这个样子……"

7 夏佳庄园，院子

大门敞开，太太带着侍女央金和一干人等迎了出来。

老爷、少爷由仆人们侍候着下了马，上楼。

装着普布的口袋被人从马背下推下来，重重地掉在了天井的石板地上。

有人把那口袋拖到院子的一角。闻到血腥味的藏獒扑向口袋，但在嘴巴刚刚要够到口袋的地方，被粗大的铁链拉住了。

一行人上楼，他们背后，响起了藏獒低沉的咆哮声。

央金问丹增："我哥哥呢？"

丹增朝那只口袋努努嘴，加快了上楼的步伐。

8 夏佳庄园，少爷房间

丹增不胜重负似的重重地倒在自己的床上。

这时，从楼上经堂里传来一串急促的鼓声，然后，是钹镲相撞时的一声响亮。经堂里，多哲活佛正领着十几个喇嘛在念消灾经。

侍女央金进来："少爷。"

丹增不动。

央金伸手推他。丹增翻身起来，央金咯咯笑着躲闪开去。

丹增骂道："你哥哥都那样了，你还笑得出来！"

央金说："我知道普布又惹少爷不高兴了，等你气消了，打开口袋，他就又来服侍你了。"

丹增从怀里掏出一把糖果，扔到央金身上："他犯了大错了！老爷要挖他的眼睛！"

央金颓然坐在地上，差点大哭失声，迅即用手捂住嘴，趴在了地毯上，浑身颤抖。

丹增呆立一阵，俯身下去，剥开一块糖果，塞到了央金的嘴里。央金把糖吐出来，哭了："求少爷救救普布。求少爷救救哥哥。"

丹增摇摇头："我不想想这些事情，想这些事情让我心里难过。"

央金从丹增怀里挣脱出来，翻身对着少爷跪下了。

丹增把脸埋在了绸缎被子中间，发出一声呜咽。

9 夏佳庄园，院子

黄昏降临，院子里很安静。

央金和丹增悄悄向院子角落的口袋靠近。

墙角的藏獒站起身，嘴里发出呜呜噜噜的威胁声。央金往一块骨头上吐口唾沫，扔出去，狗腾身跃起，张口在空中接住，狂啃一阵后，趴在地上，看着他们两个慢慢靠近普布一声不响了。此时，藏獒水汪汪的大眼睛好像也满是悲悯的神情。

丹增和央金靠近普布。

丹增隔着口袋摸到了普布的脑袋。他掏出一个扁平的威士忌酒瓶，隔着口袋把瓶中水倒了下去。普布拼命吮吸。

丹增长吁一口气，额头上渗出了汗水。黄昏的天空中晚霞一片血红，但从更远的地方，传来了隆隆的雷声。

央金手里捧着一碗水，用央求的眼光看着丹增。

丹增从腰间的刀鞘里拔出小腰刀，割断了扎住袋口的绳子。

普布满是乌青的头露出来，他张大嘴，把央金递到嘴边的水一口气喝干了。他长出一口气，看看妹妹，又看看丹增，脸上露出了笑容。

看得出来，他是在用笑容掩饰心中的惊恐。

多哲活佛从三楼经堂里出来，看到了这一幕。他看到普布大半个身子都钻出了口袋。但他只是默默地看着，没有出声。老爷的身影出现，他走到活佛身边，顺着活佛的眼光看到了这一幕，马上大喊起来："管家！"

普布脸上强作的笑容迅即被巨大的恐惧所代替。他像藏獒一样咆哮一声。他想跳起身来，但是却被口袋绊着了双腿。

丹增又回过身来把他紧紧地摁住了。

普布喊道："少爷，你放开我，你不放开我就活不成了！"

丹增哭了："普布……普布……"

普布嘴里发出了藏獒一样的咆哮声。

丹增抱着普布，在地上滚在一起："普布，不能逃跑，你逃不掉的，普布……"

央金站在旁边无助地大哭。

从院子旁边的酿酒房里，衣着褴褛、蓬头垢面的阿妈冲出来，她趴在地上："普布，可不敢伤着少爷！"

普布的双脚已经从口袋里挣脱出来，只要把抱着他的少爷摔开，就可以脱身逃走了。但家丁和仆人们一拥而上，把他重重地击打到地上。

普布仰身倒在地上，他绝望的眼光看着院子上方的天空。

天空中，晚霞正在变成乌黑的云团，黄昏正在降临。

天空下面，普布的两个亲人，妹妹央金和阿妈凄惨的哭声在回荡。

老爷站在三楼的回廊上喝一声："住嘴！"

那哭声立即就止住了。

寒星一颗颗跳上天幕。

10 夏佳庄园，院子

普布被绑在了柱子上。

院子的墙上插上了火把。

被绑缚的普布面前，摆开了刑具：鞭子，锁腿的木枷，精致的斧子，还有挖眼用的形状奇特的刀具，另有一顶石头帽子，仿佛一个臼窝。

老爷、管家和多哲活佛一应人等站在回廊上。

多哲活佛看看老爷："这奴才是犯了大罪，可他还是个少不更事的孩子。"

老爷仰脸长叹："是他逼我的。本来我只是要吓唬吓唬他，收收他的野性，可他不怕也不知罪……是他逼我的！"老爷转身吩咐管家："上刑！"

管家俯身对下面喊："上刑！"

两个人抬起石帽扣在了普布的头上。

普布的头不胜重负，但他还是倔强地梗起了脖子。他的脖子上和额角上血管暴突，眼睛也充满血丝，并慢慢鼓突出来。

11 夏佳庄园，少爷房间

丹增躺在床上，发着谵语："普布，跑吧，普布，快跑！"

突然，他挺直了身子，抱住了脑袋。太太失声惊叫："儿子！"

老爷和多哲活佛闻声进来。

丹增少爷眼睛翻白，汗水涔涔而下。他挺直的身子佝偻起来："头，脑袋，我的脑袋要爆炸了。"

太太哭着问："老爷，这是怎么了？"

老爷转脸问多哲活佛："这是怎么了？！"

"好像……"多哲活佛欲言又止。

老爷提高了声音："你说！"

"好像那个奴才遭的罪都要应在少爷身上。"

"竟然有这等怪事？一个主子，一个奴才！"

"也许是少爷和这个奴才有什么难解的因缘，又或许我佛慈悲，让老爷饶过……"

丹增倾听他们说话。当他们转过脸来看他，他又紧紧抱住了脑袋。

老爷在屋里急急走动。

多哲活佛凑上去："要不就试试……"

老爷挥挥手。

太太对管家喊："你还不快去！"

管家匆匆下楼。

12 夏佳庄园，院子

两个人动手把石头帽子从普布头上取下来。

普布脖子一软，晕了过去。血从他的鼻孔、嘴角慢慢渗出。管家恨恨地往他脸上啐了一口。

13 夏佳庄园，少爷房间

少爷的身体慢慢松弛了，他长吁一口气，嘴角上甚至出现了浅浅的笑容。

老爷叹道："这是什么孽障，这样我就没法治那个畜生了！"

多哲活佛低头不语。

14 家奴院

低矮的房子没有窗户，从门口射进来的一点光，不足以照亮这个四壁漆黑的房间。

普布躺在地铺上，在一团看不出质地的被子下面，奄奄一息。

普布清醒了一些。他摸索着把枕头下一只针线包打开，里面是几枚顶针，一排闪闪发光的针，再有就是一绞绞彩色的丝线。普布从包中拿出一枚针，轻轻刺破了指尖，一颗血珠慢慢膨胀。他好像从中感到了一种奇异的快感。

阿妈掩住脸，无声饮泣。

央金："阿妈不要哭，再哭，眼睛就看不见了。"

阿妈悲切地："心都碎了，眼睛也看不见什么好事情，瞎了倒干净了！"她继而长叹一声："唉，要是你的裁缝阿爸没有往生，我们也不会……这个狠心的人，自己走掉，留下我们在世间受苦啊！"

15 夏佳庄园，酿酒房

央金帮阿妈将摊晾过的青稞装进一只只酒坛。

普布也在给母亲帮忙，在装好的坛子坛口铺上一层麦草，然后用调好的黄泥封严。

这时，门口一暗，多哲活佛和老爷宽袍大袖的身影挡住了光线。

老爷立即用藏袍的长袖笼住了鼻子。

多哲活佛说："跟惯了少爷，这个地方，很不舒服吧。"

普布没有应声。

"老爷开恩让你随我出家。"

普布的眼睛里掠过亮光，泪水旋了几转，最终没有溢出眼眶。

"从此，你就不叫普布，而叫作丹增了。"

普布的母亲一伏到地，喜极而泣："我这个穷婆子可没有什么东西来谢谢喇嘛。要是他父亲在，还可以为您缝件针脚细密的僧袍。"

屋里又投来一方光亮，是门口两个宽袍大袖的人影消失了。

阿妈还伏在地上。

"老爷赏晚饭了！"

这是二楼上管家在长声呼喊。

普布一家停下手上的活计，从墙上的凹洞里拿出各自的木碗。

只听得一个个房间门被推开的咿呀声。开门声越来越近。捧着木碗的央金眼睛闪闪发亮，起劲地咽着口水。她早就饥饿难耐了。

终于，酿酒房的门被推开。

两个做饭的家奴，一个抱只木桶，一个拿只木勺："碗！"

三只碗伸出来。

三勺灰不拉叽的有些黏稠的面糊盛进了碗中。

一阵风一样，木桶、木勺和人又出去了。

阿妈把碗托在手上转着圈慢慢啜吸。

央金几口就把碗中的东西吸得一干二净，又伸出舌头打扫碗边。普布把自己碗中的面糊尽数倾入央金的碗中。

央金又一口气吃干净了，放下用舌头打扫得干干净净的碗，一双锃亮的清澈眼睛望着哥哥，心满意足地笑了。

普布脸上露出怜爱的神情。

开门声与关门声再次依次响起。

提壶的家奴进来，给油灯添上灯油。

楼上传来管家的声音："吃饱了，该干活了！"

普布问阿妈："可是，我为什么要叫少爷的名字？"

16 夏佳庄园，门前广场

庄园屋顶的祭台上，缭绕的青烟正升上蓝天。

庄园的各色人等都出来了。树荫下，家奴们牵着十几匹收拾停当的马。

将要远行的少爷穿得齐楚漂亮。送行的老爷与太太也是一身盛装。

普布又穿上了陪少爷上学时的那身齐楚整洁的衣裳，一脸漠然。

罗布次仁更是精神焕发。普布犯了错，轮到他陪少爷去印度上学了。

多哲活佛的紫红袈裟在人群中也很惹眼。他并不理会自己的新徒弟。普布落寞地站在一边，看前来送行的人们向丹增少爷一一奉献哈达。

拉萨来的商队出现在前面的盘山路上。几十头驮着打包货物的马和骡子使土路上激起了大片扬尘。护卫和驱赶驮队的男人们背枪的身影在驮队前后奔走，他们响亮的口哨声、吆喝声飘荡在浮尘之上。好像是瞬息之间，这些驮着整包整包货物的牲口就站满了广场。牲口喷着响鼻，剧烈地掀动着鼻翼，喷出的雾气弥漫在夏佳庄园门口的坝子上。

管家领人向驮队首领献上哈达，敬青稞酒。

庄园女主人用丝绢掩面。她的侍女们哭起来。送行的好多妇女也跟着哭起来。是少爷启程的时候了。

少爷把一把糖果塞到央金手上："等我回来时，你肯定长得更漂亮了！"

罗布次仁牵来了马。少爷脚踩上马镫，眼光却四处搜寻。他在寻找普布。这回，普布没有躲避少爷的目光。

少爷的脚又挪回地上，招手叫普布过去。

普布有些犹豫。

多哲活佛："少爷叫你！"

丹增少爷想对走到面前的普布说什么，但张了张口，却什么也没说出来。他从怀里掏出海螺化石，塞到了普布手中。

丹增翻身上马："走！"

罗布次仁牵着马迈开了步子。

接着，停在坝子上的驮队也络绎上路了。

多哲活佛对普布说："我们也该上路了。"

普布还在向远去的少爷张望。

喇嘛提高了声音："我叫你去牵马过来！"

普布从树荫下牵了马过来。喇嘛还是端立不动。普布弯腰下去，双手把他穿着红皮软靴的脚抬起一只来，塞进马镫。喇嘛这才抬腿上马，普布赶紧又在他腰上推了一把。

喇嘛在马背上对夏佳老爷合掌致意，然后说："驾！"

普布就牵着马往与少爷相反的路上去了。

17 一组交替的场景

普布在寺院里落发。

他头上的头发差不多剪光了，只在头顶上留下一撮，在仪式上由活佛用快刀剃去。

丹增在镜子前学结西服领带。

"丹增——"

身穿袈裟的普布垂手低眉顺眼站在多哲活佛面前。多哲活佛把一只镶银挂穗的法螺递给他。普布站在僧舍的房顶，使劲吹响："呜——呜——"

天空中，流云翻卷。

"丹增先生——"

印度的英文学校课堂，西装领带的丹增腾地站起身："在。"

"丹增先生，你好像走神了？"讲英语的印度老师说，"怎么样，我的西藏话说得还不错吧，跟你的英语发音相比怎么样？"

"丹增，你怎么老是走神。我叫你也不应声。"多哲活佛清了清念经时浑浊的嗓子，用清晰的嗓音说。

普布："我好像听见一个黄头发的人在叫我的新名字。"

多哲活佛："天哪，把你叫作丹增是一种说辞，让你脱离苦海，难道你真以为自己是夏佳少爷的替身吗？"

普布敛敛僧袍："我……只是听见……"

镜头交替中，两个丹增就这样长大，成人，成为了年轻人。

18 印度学校

老师敲响了桌子："丹增先生，你已经学会标准的伦敦音了，请你不要故意用你该死的西藏喇嘛那含混的诵经声音来惹我们发笑！"

"我好像听见多哲活佛在领诵经文，我好像坐在西藏寺院里面。"

"先生们，丹增先生相信自己有一个替身在西藏的寺院里修行，所以，他时不时要用喇嘛们含混不清的腔调。可是，我们不需要这样的幽默感，如果丹增先生以为这就是幽默的话。"

学生们哄然大笑。

走出教室，丹增摇了摇脑袋，自己也笑了。

他打开一份英文报纸。大字标题:《解放军进入西藏！》

英文标题叠映:《共产党与西藏地方政府签订十七条协

议！北京和平解放西藏！》

丹增对一个显然是西藏人的同学说："我们也该回去看看。"

19 寺院，僧舍院中

艳阳高照，光线明亮。

墙上悬挂着一幅色彩艳丽的唐卡。唐卡下面，燃着香。

学僧们在院子里席地而坐。每个人盘着的双腿上放着一个加了边框的木板——就像一个没装玻璃的画框。一个大木盘中，一格格盛放着染成彩色的细砂。他们手里的牛角也装填了这种彩砂。

"世界！"多哲活佛指着那幅画，"对，这是世界的真实模样，而不是我们以为看见的迷人的幻象！中央这座是须弥山，众神的居所。四大部洲环绕着它！"

"我们在哪里？"

"我们？我们灵魂寄住的肉身暂时停留西藏，在南瞻部洲中央。今天，你们来画出这个世界，我是要让你们把这个世界印刻在心上！"

下面响起一片啄木鸟轻啄树木那种悦耳的声响，那是学僧们用牛角尖在木板上轻轻磕动，匀称的嗒嗒声中，细砂从牛角尖上的小孔中流泄出来，彩色的线条蜿蜒，木板上呈现出那个世界的某个局部。

祥云。山峰。树。莲花。果实。

普布画了片水的波纹。"海洋。"

他再动作，手下就出现了一枚海螺。

多哲活佛起身，在学僧们中间巡视："我不是要你们学做一个画师。我要你们描摹它，是让你们记住它，观想它。夜深人静时，你们要试着让它映现在心房中央！"

他走到了普布身边，看见普布笔下的东西："哦，法螺。"

普布从怀里掏出化石："我画了它。"

多哲活佛像看到了奇迹一样："上天保佑，我们西藏真是一个圣地，岩石中也有自生的法号出现！"

学僧们仰头看他，不太明白师父为何如此激动。

普布说："英国老师说，这证明了西藏过去是一片大海。"

多哲活佛回到讲席上坐下："这是神谕，雪域圣地，法音永传。"

这时，院子外面却起了某种骚动。杂沓的脚步声不断响起。

学僧们都直起腰来，平搁在腿上的木盘中，堆积的细砂流动，画面顿时就模糊了。

很多喇嘛在奔跑，他们还在呼喊："红汉人！"

"解放军来了！到了拉萨河渡口！"

多哲活佛挥挥手，学僧们一下站起身来，木盘掉在地上，彩砂飞扬。

普布也奔到了门边，却又回过身来。一个要夺门而出的人把他从门边推开。他看见盘腿坐在地上的活佛想站起身来，挣扎几次，都没有成功，跑回去，把活佛扶了起来。

多哲活佛叹道："哦，这个动荡的世界！"

20 拉萨河渡口

普布和一群年轻喇嘛在奔跑。突然，他们停下脚步。

河对岸的台地上，整整齐齐地排列着上百顶帐篷。除了警惕的哨兵，营地静悄悄的，看不到一个人影。营地中央一面五星红旗在猎猎招展。

渡口宽阔平静的河面上，横起了两根粗大的绳索，几只牛皮船用大木头并连起来，成了一只大船。

远处，拉萨城和布达拉宫遥遥在望。

普布和一些年轻的喇嘛遁入了柳林，悄悄向对岸张望。也有胆大的年轻喇嘛窜出柳林，向着对岸发出啸叫，又迅即隐身到柳林中。持枪站在渡口和渡船上的哨兵却端立不动，仿佛什么都没有看到也没有听到。

这时，一阵喧嚣打破了宁静。对岸，一支来自印度的商队出现在解放军营地附近的山湾里，向着渡口前进。口哨声，吆喝声，驮畜脖子上铜铃的叮当声打破了正午时分河谷的宁静。他们搅起的大片尘雾升上了天空。当解放军营地突然出现在他们面前时，商队立即停了下来，喧嚣的声音立即消失了。

军号声突然响起，打破了河谷中正午的宁静。

那么多穿着黄军装的士兵从帐篷里钻出来，列队集合，歌唱。然后，他们迅即分成了不同的队列。一队士兵奔向河边，把装备渡过河岸。他们把许多箱子抬进牛皮船，闪烁着金属冷寂而锋利光芒的迫击炮、重机枪架上了船头。一船船的装备与全副武装的士兵渡过河岸。

与此同时，响起了有节奏的鼓号声。更多的士兵在列队行走，呼喊着口号。一群士兵腰扎小鼓，挥动着系着红绸的木棍，击鼓奏乐，扭起了秧歌。他们在演练节目，好在先遣队拉萨入城式上演出。一时间，鼓号激越，尘烟蔽天。隔着柳林，商队的牛马惊散了，在河滩上四处奔逃。

解放军出动，帮商队归拢了惊散的畜群，并和商队一起来到了渡口。

商队的人带着戒备的神情小心打量着眼前这支队伍。而商队中几个穿着西服、戴着礼帽的年轻人也引起了军人们的好奇心。秧歌队休息的时候，跳舞的女兵们围了过来。杨谨医生也挤在他们中间。丹增少爷和几个从印度回来的同学有些害怕，但自尊促使他们故作傲慢。当面前的女兵们脱下军帽，擦拭汗水，露出她们的青春面容时，他们的傲慢变成了惊讶与羞怯。

杨谨伸出手，大方地说："你们好！"

几位西装青年都后退了。

女兵们一阵哄笑。

见此情形，卫生所所长吴医生吹响了尖利的哨子："秧歌队集合，准备过渡！"

女兵们跑开，迅速排好队伍来到渡口登上了渡船。

丹增少爷忍不住好奇，跟到了河边。

普布爬上一棵老柳树，他越爬越高："丹增少爷！"

因为爬得太高，身下的柳树枝不胜重负，嘎吱吱断裂了，普布发出一声惊吓，和那树枝一起落下来，摔在了地上。他屁股着地，双手却捧住了脑袋，脸上露出痛苦的表情。

"为什么摔的是屁股，你却捧着脑袋！"

"你叫自己是少爷！你是少爷？"

痛苦的表情把普布的脸孔扭曲了，但他固执地起身，一声不吭，爬上另一棵斜伸向江面的柳树。他踩着扭曲的树干快步往前挪动，他拨开柳枝，指着对岸那几个西装青年："丹增少爷！"

解放军的渡船从对岸划动了，船头上，斜射的太阳照得架在船头上的重机枪和迫击炮闪闪发光。枪身，炮身，枪架，炮架，那些几何形的构成和钢铁质感，都具有一种陌生而新奇的美感。

丹增少爷双手插在裤袋里，站在对岸，阳光把拉长的身影投向河面。

好像脑袋受到重压，普布的眼睛充满血丝，鼓突出来。又好像是要努力把眼前这画面尽收入眼中。

船向着河岸这边划来，和站在岸上的丹增少爷他们拉开了距离。这下，普布的眼睛就不知道该顾着哪一头了。

战士们用铁锹划船，动作整齐划一，水光闪闪，岸上的人和船上的人相距越来越远。

终于，远到普布再也不能把这两样同时纳入视野。他着急地顺着树身往前挪动，中间已经朽成空洞的柳树嘎吱嘎吱折断了，倒向河面。普布却浑然不觉，对身后喇嘛们的喊叫充耳不闻。直到他再也站立不稳，掉入了河中。

平静的江面上溅起了一朵不大的水花。他沉重的身体迅速下沉，只有一片浸湿后紫红色更鲜明的袈裟浮在水面上，向下游漂去。

年轻喇嘛们一声不吭，跟随着那片袈裟向下游奔跑。

对岸的丹增他们却高叫起来。

正在过渡的几个解放军战士跃入了水中，把普布救上了岸。

21 解放军医疗所帐篷

帐篷前围满了喇嘛，还有丹增他们几位西藏的西装青年。

帐篷里，普布趴在一张行军床上。吴医生拦腰抱着他，一下一下往上使劲。每往上提一下，他就把一大汪水吐在床前。终于，他翻白的眼睛转动了，嘴里发出了一声低沉的呻吟。

杨谨把听诊器放在了他的胸上。普布激灵一下，清醒过来，撇开听诊器，猛然挣扎起身，却又抱着脑袋，无力地倒在了床上。脸上是他当初受刑时那种困兽般的愤怒、绝望而又无助的表情。当杨谨医生他们试图接近时，他就发出困兽般的低沉咆哮。

丹增冲进帐篷，摇晃着他："普布！普布……"

普布血红的眼睛里凶狠而惊恐的神情慢慢变得柔和了，张开嘴，说了句什么，就昏过去了。

丹增把他紧抱在怀里。

吴医生用汉语问："你们认识？"

丹增用藏语："你说什么？"

吴医生僵住了。

杨谨的眼光落在丹增的西服上，用英语："你一定会讲英语？"

丹增用英语回答："请问你想知道什么？"

杨谨有些得意地看一眼吴医生："请你告诉他不要害怕。我们不会伤害他。"

普布突然开口："少爷，这些红汉人在说什么？"

丹增俯下身，凑在他耳边："是他们救了你。他们让我告诉你，不要害怕。"

普布抱住脑袋："我头痛。"

吴医生翻看他的眼睛："眼球充血，颅压太高，打一针！"

普布看着杨谨医生手里闪闪发光的针管和针头，眼里露出恐怖的神情，他挣扎着，嘴里发出低沉的咆哮，想离开帆布病床。这时帐篷外面的喇嘛发出一声喊，冲进来，跑过河滩，架起普布消失在暮色中间。

字幕：1951年10月，根据《十七条协议》，解放军先遣支队经过长途行军，渡过拉萨河，和平进入拉萨。

22 寺院僧舍

普布躺在低矮的床上，仍处在兴奋中的年轻喇嘛们站立在低矮的屋子中。

多哲活佛念动咒语，从一只破瓷碗上敲下一块碎瓷片，把普布耳背上的血管割开，一股深紫色的血从活佛指缝间涌出来。

多哲活佛说："好了，密咒加上放血，你会好起来的。"

普布用手指蘸一点耳背上流出的血，举到眼前，长叹一口气，紧绷的身体松弛下来。

23 夏佳庄园，起居室

宾客云集。

丹增少爷已经换上了一身藏装。

多哲活佛把挂在丹增少爷身上的哈达理顺："观世音菩萨保佑，少爷平安回来了！"

丹增问："普布怎么没来？"

"普布？"

"我从前的仆人，你说他代我修行。"

多哲活佛转头对老爷："原来少爷是说他，如今时局动荡，若不是他跟着我潜心向佛，为夏佳家积累功德，少爷也不能……"

说话间，满头汗水的普布匆匆赶到，站在了活佛身后。

多哲活佛头也不回，话却是对普布说的："我对丹增少爷说，你晚到是功课没有做完，为少爷平安归来在观音菩萨像前供的一百盏灯都供好了？"

普布迟疑一下："供好了。"

"请来诵平安经的僧人们也都布施了？"

"都……"普布大喘一口气，看着少爷，把中间的话省过，"……了……"

丹增少爷笑了，有些讥刺。

夏佳老爷和太太也笑了，他们不会想到喇嘛说谎，只是笑普布的尴尬模样。

多哲活佛自己也笑了。收起笑容时，眼神有些阴鸷。他招手，另一个徒弟走了过来。他取下斜挎在身上的包袱。外层包袱皮打开，里面又是一层明亮的黄绸。多哲活佛亲手把这层黄绸打开，翻开一页经文，上面一列列金色的字母闪闪发光。人们都发出了惊叹与敬畏的声音。喇嘛又把经卷依样包好，郑重放到普布平摊的双手上："你们到经堂，先在佛前供养，上香，礼拜，才能开始念诵！"

普布弯腰接过经卷，平托在手上出了房门，另外几个徒弟都微微躬身，跟在经卷后面，在人们的目光中，转过回廊，往经堂去了。

多哲活佛长舒一口气："这样宝贵的经卷，不要说念诵，就是看见和供养，就是无量功德！这几个徒弟，跟我多年，也是第一次开眼。"

夏佳太太对她的贴身侍女央金说："我要陪老爷待客，吩咐下去，先替我在经书前供十个灯盏。"

央金出落得相当漂亮了。身材高挑，眼神清澈。她领命走出屋子，丹增也相跟着出来，几乎是贴着她耳边说："美人儿，告诉你哥哥，待会儿我去找他。"

楼下天井里传来管家的声音："噶伦老爷驾到！"

人们一阵忙乱，拥挤着下楼去迎接大驾。

宽大的房间里，环屋摆放的藏桌上，那么多的吃食：来自印度的香蕉、芒果，整铁桶的英国饼干，来自内地的粘满白色糖霜的各色杂糖、水果糖、花生、月饼，自家做的各色油炸馓子……还有撕开了封的中国和外国的香烟，丹增拿起一包有美女图案的中国香烟左右端详。

央金出现在门口："少爷，老爷着急了！叫你下去。"

丹增在央金屁股上拧了一把，央金欲迎还拒："少爷！"

丹增拉开央金的藏袍前襟，把手上的香烟塞进去。"替我收着，"他又指着上面的美女画，"你跟她谁更漂亮？"

央金怔怔站在那里，丹增少爷下楼去了。

24 夏佳庄园外，河滩

丹增在前面奔跑，藏袍的袖子系在腰间，雪白的衬衫被风鼓动。他不断向跟在后面的普布招手。

穿着紫红袈裟的普布跑起来没有他那么灵便。而且，也显得有些不情愿，所以老是落在后面。

丹增轻快地跃过水渠、正在抽穗的青稞地、柳树林，在一片鲜花盛开的草地上倒下了。

跑了一阵，普布也高兴起来，远远地滑倒过来，坐在了少爷身旁。

丹增看一阵天上的云彩，也坐起身来。

柳林边上，现出了少爷如今的仆人罗布次仁的身影。少爷却有些恼怒地对他挥手，并用英语喊："回去！滚开！"

丹增很兴奋："只有我们两个了。我要送你一个东西。"

普布有点感动："少爷已经送过我和央金礼物了。"

"这个不一样。"

他从身上掏出一枚小小的齿轮："你来！"

丹增跑到河边，找到一块平整的岩石，把齿轮捻动一下，齿轮就在石头上飞快地辘辘转动起来。

普布抬眼看着少爷，眼神里充满感激与友情。

丹增："给你！"

普布转动几次，齿轮才飞快地转动起来。

"知道吗，汽车里就是有很多这种东西，就是这些东西让汽车开动起来的！"

普布的眼光却黯淡了，他放下齿轮："活佛说了，我又不是大人物，汽车跟我没有关系。"

"普布！"

普布眼睛里又现出那种我们熟悉的痛苦与漠然交织的神情："少爷，我失去自己的名字已经很久了。"

"我要求告父亲，让你回到我身边。"

普布很坚决："我不要。"

"为什么？难道我们过去在一起的时光不是好时光？"

普布："少爷是好少爷，老爷是坏老爷！我死也不会向他求告，也不要别人为我向他求告。"

25 夏佳庄园，门口

普布走在前面，丹增有些扫兴地跟在后面。

几个解放军出现在庄园门口。

杨谨医生先认出了普布："你好！"

普布却没有认出杨谨。迟疑一下，让丹增走到了前面。

丹增认出了杨谨，杨谨却因为他换了装束而没有认出他来。

丹增用英语说："解放军长官辛苦了。"

杨谨："原来是你！"

丹增微微躬身："正是在下。"

"你的朋友好了吗？我给他的药都吃了吧？"

丹增把话翻译过去，普布低下头，没有说话。

丹增大大咧咧地说："请解放军长官原谅，别看他是个喇嘛，他下等人的坏毛病又冒出来了。"

"下等人？"杨谨的语调中透出了不满。

丹增满不在乎地说："出家前，他是我仆人！"

26 夏佳庄园，日光房

夏佳老爷斜躺在虎皮椅上打盹。央金在用毛线编织一条围巾，看样子就很不熟练。她是在依外国画报上的样子编织围巾。她织得不对，太太露出责备的神情，她拆掉几圈，重新开始。

和志得意满心宽体胖的老爷相比，太太苍白瘦削，总是不太舒服的身体让她面带淡淡的哀戚。

丹增兴奋地推开门："解放军工作队来拜见老爷太太。"

老爷说："不见！"

但解放军工作队就和管家站在门前，他们趋前献上哈达，尴尬的老爷不接，太太示意央金上前接过了。

老爷眼光落在磕在指甲盖上的那撮鼻烟上："听说你们没有粮食吃了，饿着肚子怎么还有力气从拉萨跑到乡下。不是来抢粮吧？"

工作队格桑队长："我们缺粮是真的，同志们吃不饱也是真的，但解放军有铁的纪律，不会抢老百姓的粮食。"

"从没见过饿肚子的军队不抢粮食。"

格桑队长面色冷峻："共产党的队伍，饿着肚子也不抢。"

"你们可以宣传，但不允许在我的庄园。我的庄园也没有粮食可以贡献！"老爷哼哼一声，抬起屁股走出了房间。

丹增少爷一脸尴尬。

格桑队长也跟了出去。

杨谨留在了房间。

她脱下军帽，露出一头漂亮的齐耳短发。太太有些吃惊："解放军还有女兵？"

杨谨笑笑，从央金手上接过毛线活，侧脸看着图片，手中织针飞快动作起来，然后又手把手教央金。很快，央金就织出了图片上的花样。

看到这一切，太太脸上的表情松动了："你也拿枪打仗？"

丹增："她是医生。杨谨医生。"

太太："医生？女人当医生？"

丹增："我阿妈胃疼。"

杨谨打开药箱："我给太太开些药吧。吃药，少吃难消化的东西，肉啊，油啊，太太的病慢慢会好的。"

太太看着央金："不吃牛肉和酥油我吃什么呀？"

央金做了个鬼脸。

杨谨对她说："你去倒水请太太服药吧。"太太服了药，自己揉着胸口，吩咐央金："请医生吃饼干。"

央金搬过一大铁桶英国饼干，放在了杨谨面前。

杨谨没有吃饼干，只是端起茶杯浅浅啜饮。她看见丹增伸手摸央金的屁股，眉头皱了起来。

27 夏佳庄园，日光房

　　看着一片未动的饼干，太太对丹增用藏语说："不是说这些汉人饿着肚子吗？"

　　老爷进屋："叫管家！"

　　管家躬身进门。老爷说："弄点陈粮把这些汉人打发了。他们老待在庄园没有好事！"

　　丹增用英语对杨谨说："老爷同意给你们粮食！"

28 夏佳庄园，粮仓

　　粮仓的墙上有一道闸口，闸口下面一口木斗，木斗下面是一床竹席。闸门开启，麦子哗哗奔泻而下，很快就装满了木斗。

　　木斗旁边的地面上还有一只竖着的漏斗，木斗里的麦子从那里倾倒进去。

29 夏佳庄园，院子

楼下院子里，麦子从楼上一根木板镶成的槽子里哗哗流进口袋。

丹增少爷站在一二楼之间的楼梯上，喊："放！"

"停！"

"停！"

"放！"

粮食装满了一只只口袋。

庄园里的家奴、仆人，甚至正在地里劳作的农民都赶了回来。他们怯生生地围在远处，最终无法克制好奇的心理，渐渐围拢过来。央金的妈妈也在这些人群中。她面孔脏污，红肿的眼睛在阳光刺激下泪流不止。

杨谨医生上前，她退后，再退后，要不是杨谨医生手快扶住，她就跌倒在地上了。

杨谨医生："老阿妈，你不用害怕。"

丹增少爷用英语说："她听不懂你的话。"

杨谨也用英语:"那么,请你告诉她,她的眼睛有毛病,我能替她医治。"

丹增少爷耸耸肩:"那就是我在服侍下人了。"

杨谨医生脸上不由得露出谴责的神情:"先生身份高贵,心灵也应该高贵。"

"谁让他是普布和央金的妈妈。"丹增少爷耸耸肩。转脸对阿妈说:"解放军医生要替你治眼睛!"

央金妈妈仰起脸,嘴唇嚅动,却发不出声来。

30 夏佳庄园，院子

央金脸露惊喜："太太，解放军要……"

老爷喊："管家，天色不早，请客人上路，不然，天黑前他们回不到拉萨了！"

丹增对杨谨医生摊开了双手。

管家示意仆人推开了大门。

央金突然冲下楼，跪下，朝楼上喊："请老爷太太开恩！让解放军替阿妈治治眼睛吧！"

杨谨医生站住了。

这突如其来的一幕把所有人都惊呆了。

管家首先清醒过来，呵斥道："奴才大胆！"

央金取下墙上的鞭子举过头顶："我犯了家法，甘心受罚，但我阿妈快瞎了！"

丹增冲楼上喊："阿爸！"

老爷挥挥手，从楼上消失了。

阿妈吓得瑟瑟发抖。

31 夏佳庄园，经堂

夏佳家大开法事。经堂里坐了大半屋子喇嘛。

屋顶祭台上，桑烟腾空而上。

佛前供上了一百个灯盏。

嗡嗡的诵经声，在庄园中回荡。不时地，咚咚的低沉鼓声中，金属的钹镲一声响亮，余音悠长。

中午，喇嘛们的酥油茶碗旁又摆上了一只碗。仆人弓腰进来，一个人抱只木桶，一个人拿只大勺。依次往每只碗中盛满加肉的大米稠粥。僧人们端起碗，旋转着飞快吸溜。很快就把空碗又放在面前。两个仆人依次又加了一遍。这一回，僧人们端着碗开始细细品尝。稠稠的肉粥喝过。女仆提着锃亮的铜壶把每人面前的茶碗又续了一遍。

又有仆人进来，在对着僧人的经堂另侧摆上一只只垫子。老爷进来跪下。

太太和丹增少爷也相继跪下。管家等人也跪在身后。

多哲活佛领头，诵经声又轰然响起。

丹增跪着，眼光一直在碰触普布。普布总是把眼睛低下，好像他面前摆放着经卷。其实，所有僧人只有多哲活佛面前摆放着经卷。

普布的眼光终究还是和丹增的眼光相遇了。

丹增举起手上一个东西，朝普布眨眼。普布看清了，是那只齿轮。他恍然看见从前。闹钟摔在石头上一声响亮，里面，齿轮和弹簧蹦了出来。齿轮在少年丹增手上，他使劲捻动，齿轮就飞快地在桌上辘辘旋转。

普布脸上浮起了笑容。随即，笑容在他脸上僵住了。他看见少爷在地板上转动了那齿轮，那辘辘转动的响声钻进了所有人的耳朵。

多哲活佛抬头，众僧人的诵经声低下来，丹增少爷对着普布露出调皮的笑容。他一掌把齿轮按在了手下。

这时，更大的嗡嗡声从天空中传来，大家侧耳倾听。

多哲活佛提高了诵经声，众喇嘛也相继跟随，诵经声中，那声音消失了。但是，那声音旋即又出现了，盖过了诵经声，越来越大。

“飞机！”丹增少爷叫道，跳起身来，拉上普布就窜出了经堂。

最后，所有人都出了经堂。

32 屋顶平台

所有人都在向天上张望。

楼下，下人们也拥出来，向天上张望。

田野里，耕作的农夫也停下手中的活向天上张望。

庄园大门外，拴着的马惊了，挣脱绳子奔向了河边。

几架飞机，被高原的太阳照得闪闪发光，在晴空下从东方的天空飞来。那声音，是西藏天空中从未有过的巨大声响！飞机盘旋，身后拉出一条轻薄的烟带。人们一阵惊呼。从飞机上掉出来很多东西。白色的降落伞相继打开，犹如巨大的花朵在蓝空中绽放。降落伞缓缓下降，人们目眩神迷。

普布一直仰脸望天，露出了痴迷的笑容。降落伞被夏佳庄园和拉萨之间的山梁挡住，看不见了。

飞机也消失在它们飞来的方向。

天空，就像什么都没发生过一样，一片深不见底的湛蓝。

老爷命令管家："快去拉萨，看看发生了什么事情！"

丹增少爷："空投！他们从天上给地下送东西！"

但没人听他的，他们全都兴奋又惶恐。

多哲活佛："应该占卜吉凶，请求神谕。"

一行人急急回到经堂。

33 夏佳庄园，经堂

多哲活佛写了两个纸条，用糌粑团好，放进一只铜瓶。

丹增少爷也从碗里捏团糌粑，趁众人跪下祈祷，悄悄递到普布手上。

普布犹豫一下，还是趁人不备，把那个糌粑团掷入了铜瓶。

多哲活佛口诵经咒，慢慢摇动瓶子。然后，一侧瓶口，一个糌粑团滚到了桌上。他打开纸团时，大惊失色：糌粑团是空的，没有纸条！

老爷："天啊，神也不知道会发生什么吗？"

看到这情形，普布害怕了。丹增溜出去，停在门口，示意他出来。

普布便相跟着来到门口，这时，背后响起来了多哲活佛的声音："回来。"

普布便回身去到师父跟前。

34 夏佳庄园，日光房

老爷仰身躺在椅子上，长吁短叹："难道神也不知道会发生什么事情吗？"

没有人回答。

丹增想要开口，老爷举起手："我送你去外国上学，是为了将来进噶厦政府当一名官员，不是为了听你胡说八道！"

外面喊："管家从拉萨回来了！"

老爷喊："叫他上来！"

管家进门，连说："不得了，不得了！"

老爷坐直了身子。

管家："少爷说得对！共产党的飞机，从天上投下来粮食，很多粮食！"

老爷一字一顿："从天上丢下来粮食，他们是神吗？再说神也没有从天上往下丢过东西！"

35 夏佳庄园，朗生院

央金按杨谨医生的操作，给阿妈清洗眼睛，上药，盖上白色的纱布。感到眼睛清凉的阿妈在喃喃自语。

普布进来，央金示意他不要出声。普布悄然在母亲身边坐下。

阿妈在说："我真的看见了，空中开了洁白的莲花。"

阿妈呢喃着睡着了："莲花。"

妹妹把枕在自己腿上的阿妈的头移到普布腿上，起身清洗杨谨医生留下的那条毛巾。阿妈又在呢喃："香花。"然后，她鼻翼大动。"普布来了？我闻到儿子的味道了。"

普布低下头，用自己的额头抵住阿妈的额头。

母亲伸出手，抚摸他的脸："你身上有庙里的味道，可是还有很多我儿子的味道。央金，我要看看普布。"

央金把纱布揭开，把油灯凑近普布的脸。

油灯下，普布从未见过阿妈的眼睛闪烁得如此明亮。

阿妈细细端详儿子的脸，她长叹一声："鼻子、眼睛都像你往生的阿爸。"阿妈眼睛泛起泪光，但她笑了。"我不哭，菩萨医生说了，再哭，我就要成一个瞎老婆子了，我再也不哭了。"

36 青年联谊会

拉萨城，某林卡中，一座新盖的独立小楼房。

外形还是藏式的，但门窗更轩敞宽大，带着汉式的味道。

院门前挂着青年联谊会的牌子。

屋子里，他们互相学习汉语和藏语。

阅览室里，大家在翻阅内地来的报纸与杂志。

院子的一角，他们在乐声中学跳华尔兹。

表情轻松，身体随着舞曲轻轻摇晃的丹增站在电唱机前，为大家播放舞曲唱片。

吴医生教一个贵族女青年跳舞，但那个女青年害羞，放不开，吴医生招呼杨谨医生上来和他做一个示范。两个人舞姿翩然。刚跳了两圈，杨谨医生不跳了。吴医生："把这支曲子跳完。"

杨谨医生下意识用手摸摸肚子："华尔兹，动作太大了！"她扎在军裤中的白衬衫下，肚子似乎有微微的隆起。

吴医生看看周围的人，改成英语："对不起太太，我太大意了。"

杨谨医生也改成英语："我知道我亲爱的丈夫是为了工作，但是为了我们的宝贝我要小心。"

吴医生："找个地方休息一下。"

丹增在旁边听见了，不由得对他们夫妇俩竖起了拇指。这时，丹增看到央金出现在院子外边，就招手叫她进来。

央金迟疑一阵，终于红脸低头进来了："老爷吩咐，请少爷回来吃晚饭，家里有贵客。"

"贵客？"

央金低声："噶伦老爷。"

"你进来，这里不是夏佳庄园，这里是西藏最先解放的地方。我教你跳舞！"他拉住了央金的手，另一只手搂住了她的腰。

央金使劲挣扎。

丹增开心地笑了，对着她耳朵说："你可能不知道自己有多漂亮！可我知道自己有多心动！"

"……"

"唉，你要是贵族家小姐，我就会娶了你！"

"少爷！"

"我要老爷把你赏给我！"

央金又羞又急，使劲挣脱，跑出了院子。

丹增摇头："漂亮姑娘，她都不知道自己有多么迷人。"

吴医生用询问的目光看他。

丹增少爷显露出轻浮的一面："我家的女仆。"

吴医生："刚才少爷说得对，至少这里，算是西藏最先得到解放的地方。"

丹增耸耸肩膀。

37 夏佳家城中住宅，室内

丹增少爷回来晚了。

屋子里气氛很压抑。烛台上烛泪点点。

老爷阴沉着脸，太太揉着胸口，对央金说："再给我几颗药。"

央金走到柜子跟前，丹增上去，扳过她的肩膀。央金挣脱，语气却有些幸灾乐祸："你们家尊贵的亲戚，那位噶伦老爷下台了。"

丹增把目光转向父亲。

老爷恨恨地说："有人不喜欢他，对，就是你喜欢的汉人！"

38 青年联谊会

丹增少爷在联谊会楼上一间拉上窗帘的房子里看电影。

一部朝鲜战场志愿军与美国人作战的纪录片。成排的火箭炮，坦克，集团冲锋的英勇士兵，飘扬的旗帜。一队和英国人长得一模一样的美国俘虏兵。欢呼胜利的巨大场面。

一声响亮，窗玻璃碎片掉了一地。风把窗帘翻卷起来，从外面传来了得意的笑声。

39 街道

　　一群袒着一只胳膊的年轻喇嘛，扔完了石头，发出一阵狂笑。他们还朝着青年联谊会的房子大叫："红汉人从拉萨出去！"

　　普布也混在这群年轻僧人中间。

　　看见人们从楼里拥出来，他们吹着口哨，啸叫着跑开了。

40 青年联谊会

丹增少爷和一些贵族青年从屋子里面走到外面，阳光晃得他们有些睁不开眼。

"扔石头有什么用？他们能对付这样的军队吗？"

"噶厦的军队在昌都也是被他们这样教训的吧。"

街上走过来一队荷枪的藏兵，神气活现，却又队列散乱。他们挥舞着打开刺刀的枪，对着青年联谊会里的人做出威胁的姿态。

丹增大叫："蠢猪，来看看这部电影吧！"

藏军用尖利的口哨和啸叫回答了他。

丹增对吴医生说，"该把电影送给他们，好好看看。"

那支走过的藏军队伍又折返回来，慢腾腾地颇具威胁性地从联谊会楼前走过，显露出无知的狂妄与深深的敌意。在这种氛围中，好几个贵族青年，悄悄溜走了。

丹增却没有离开："当年在英国人面前，他们可没有这般神气！"

41 拉萨街头

央金送杨谨医生从夏佳家城中住宅出来。

杨谨问："你阿妈的眼睛可好些了？"

"佛祖保佑，阿妈的眼睛好多了。"

杨谨医生对着央金赞叹："你真是个漂亮姑娘！"

央金羞怯地低下头。

杨谨医生："难怪丹增少爷那么喜欢你。"

央金抬起头，神情有些黯然："可是，我跟他不能像你跟吴医生一样成为夫妻。"

"那你还让他对你那么随便？"

"他是老爷，我是朗生。主子想要怎样就怎样。"

杨谨叹气："……"

"你们说平等，平等，可还是只对贵族老爷好！"

说完，央金就气呼呼地走到前面去了。

这时，已经能远远看见青年联谊会的小楼。

42 八角街，一条小巷

　　一伙年轻喇嘛出现在街头，向着央金和杨谨医生吹起了口哨。央金低下头，拉住杨谨加快了脚步。但是，已被他们堵住了去路。

　　一个喇嘛故意从央金和杨谨两个中间穿过，他只用膀子一撞，就把两人分开了。

　　他们把杨医生逼向街道一边的墙根。

　　杨谨医生对央金："快去叫人！"

　　央金拼命朝青年联谊会跑去。

　　又一个人猛然一撞，她踉跄几步，手护着药箱没有倒下。又有人向她撞来，这回，她用双手护住了军装下的肚子。药箱飞出去，注射器、听诊器、血压计滚在了地上。药瓶碎了，药片撒了一地。普布把听诊器抓到了手上。

　　杨谨医生爬起来，冲出他们的包围，但是，这些人更快，赶在前面堵住了她的去路。杨谨医生一声惊叫，再次被一个强壮的喇嘛撞向了墙角。

同伙们狂笑的同时，普布好像也体会到了某种特别的快感。

有人推他："普布，上！"

普布在犹豫。

同伙们继续鼓噪。

他冲上去，侧着身子，一下一下，把刚刚艰难起身的杨谨医生跟跟跄跄地撞倒在墙角。杨谨医生的棉军帽掉下来，露出长发。口罩也歪在了一边。他认出了她，顿时就僵立在那里。

杨谨医生十分惊恐："普布，你要干什么？！"

普布呆住了。

后面在喊："哈，还是个女的！你被这女妖精迷住了吗？揍她！"

"叫她早点滚回他们的老家！"

"你再不动手，我们可要动手了！"那些人真的就围了上来。

普布突然喊道："不！"

几个同伙把普布推开。再一次拳打脚踹。

普布扑上去，把双手撑开在墙上，护住了躺在墙根的杨谨医生。拳头落在了普布身上。

这时，吴医生带着战士出现在街道那一头。那群喇嘛啸叫着一哄而散，钻进小巷，很快就消失不见了。

几个愤怒的战士，扑上来把普布摔倒在地上。

杨谨医生晕过去了。躺在地上脸色苍白，血从鼻孔中流出来，更有血从裤腿中流出来。

吴医生拉开围住普布的战士："快，送卫生所！"

战士们背着杨谨医生跑远了。

普布呆呆地看着石板地上的血迹。

央金对哥哥喊："你在干什么？她是杨谨医生！"

丹增少爷上来，抬手抽了普布一个耳光："我叫人剁了你的双手！"

普布盯着少爷，眼神怨愤而又自责。

"你敢这样看我，我叫人剜了你的双眼！"

那些溜进小巷子里的喇嘛又回来，他们不由分说拉着普布向寺院方向跑了。

央金哭了，一面哭一面往药箱里捡拾药片。

少爷跟在了央金后面："不要害怕，快跟我回家。"

央金回头："那是你的家，少爷！"

丹增少爷一把攥住了她。

央金挣扎几下，但并不敢真正地反抗。

丹增少爷却放开了手，有些爱怜地："你让少爷我心慌意乱，我喜欢你，你为什么要害怕，我要对你好，就像对普布一样。"

央金哭了起来。

43 军营宿舍

杨谨医生斜倚在床上，眼前却晃过许多这些日子经过的画面。脑海里最多交替闪现的是阿妈和普布的脸。阿妈悲苦无助的脸。普布充满敌意而凶狠的脸。她摇摇头，让这些画面从脑海中消失。她眼前又闪现出少爷丹增开朗的、有时候表情有些夸张的脸。

吴医生端着热茶和热饭进来。

杨谨医生背过身去，泪水同时出现在脸上："孩子……"

吴医生拉过她的手："不要想这些事了，吃饭吧。"

她猛地回头："我想不通！"

"吃了饭再慢慢想。"

"为什么央金想参军我们偏偏不让！解放军不是来解放穷苦大众的吗？普布是穷人出身为什么仇恨我们，我们的队伍不是穷人的救星吗？"

吴医生："还有呢，我帮你说吧，那个少爷丹增，还有那么多贵族少爷小姐跟我们成了朋友。而且，为什么联谊会里只有贵族朋友，没有穷人？"

吴医生无语。

杨谨医生靠在了吴医生怀中："我对不起你。"

吴医生眼眶里泛起了泪光。

杨谨医生："等形势好转了，我要给你生一个大胖儿子。"

吴医生红了眼眶。

44 寺院，大殿前广场

普布被绑在柱子上。

整整两天了，没有饭吃，没有水喝。威武的铁棒喇嘛隔一阵，就用手中的方杖把地拄得咚咚作响："好好看看，这就是同情共产党的下场！"

普布："活佛救我。"他又昏过去了。

多哲活佛终于出现了。

他从跟随的小僧人手中接过一只铜壶，含一口水，喷在普布脸上。

在他和普布之间，西藏强烈的阳光在水雾中照射出的一道小小彩虹，出现，又迅速消散。多哲活佛："我来带你回去，你可知罪了？"

普布喃喃地说："我知罪。"

铁棒喇嘛说："先到护法神跟前发誓！"

45 护法神殿

光线昏暗的护法神殿。

神像的面目狰狞恐怖。

普布在这里发下了永不背叛佛法、永远护卫佛法僧三宝的誓言。

"违背誓言者将堕入地狱，永不超生！"

壁画上，地火熊熊的地狱，遍是毒蛇与骷髅的地狱的画面，在普布面前旋转。

多哲活佛对普布说："你可要记住自己的誓言！"

普布："请活佛再给我放一次血，我的脑袋要炸开了。"

多哲活佛："哦，护法神要嗅到血的味道了。"

一个小喇嘛跑开去，很快又跑回来。他手里举着一只尖端闪闪发光的锥子。

多哲活佛说："跪下。"

普布跪下了。多哲活佛把锥子刺向普布的耳背。

普布沉沉地哼了一声，血再次涌流出来。

多哲活佛："这血就是你的誓言。"

46 夏佳庄园，酿酒房

阿妈在煮酿酒的青稞。她手持一把大铲不断在大锅中翻搅，锅里热气升腾，不时遮住她的脸。

普布坐在灶前，一脸阴沉。

阿妈："解放军来的这些年，老爷家对仆人比过去好多了。我老婆子不但吃得饱，隔三岔五，老爷家还赏给带肉的饭。"

普布不说话。

阿妈："唉，你往生的阿爸要是知道，他的一双儿女，儿子出了家，女儿是太太可心的仆人……"

普布打断了她："阿妈。"

阿妈还在继续唠叨："我还以为自己要成个瞎老婆子了，太太说，不光是解放军的功劳，还有你在庙里修行积德的果报，我都相信，我都相信。老天开眼，我这个苦命人也能得到现世的福报。"

普布猛地站起身来，把一只口袋放在灶台上："师父说，我很长时间不能回来看望阿妈了。"

阿妈还是满面笑容："我懂，师父要带你闭关修行了，等闭关出来，你也是有法力的喇嘛了。"

普布冲出门去。

阿妈把口袋打开，里面是他父亲留下的针钱包，两枚银圆、一小块砖茶和几条哈达。

阿妈怔住了。

47 夏佳家城中住宅，室内

太太睡着了。

央金手拿着缠结的毛线活，坐在太太床前打着瞌睡。窗上斜射进来的光线给斜靠在椅子上的央金的上半身、脸、脖子勾勒出迷人的曲线与光泽。

丹增进屋，见状放慢了步子，他终于忍不住弯下腰来亲吻央金的脖子。央金一惊，已经被丹增抱住了。她奋力挣扎，却不敢出声。少爷的手从脖子上伸到她胸前，继续亲吻她。

央金又惊又怕，又不敢高声："少爷！"

响动惊醒了太太。但她又把眼睛闭上了。

央金继续挣扎，央求，丹增终究还是放开手。

这时，太太睁开眼，一个耳光落在了央金的脸上："少爷要你是你的荣耀！还以为自己是什么金玉之身！"

太太起身拂袖而去。

丹增呆立在房间里，不知道该怎么办了。

央金哭泣。

央金慢慢脱去外面长袍。围裙、腰带和长袍在丹增面前落在地板上。

丹增："我不是这个意思。"

央金不语，抬手解斜扣在腋下的衬衫襻扣。

48 夏佳家城中住宅

央金眼含泪水，脱去衬衫。脱出两只袖子的长袍塌在腰间。

丹增心醉神迷，外面的响动他也听而不闻，伸出手抚摸央金："你这么漂亮，又这么哀怨，你让我怎么办？"

这时，门哐啷一声被撞开，普布冲进了房间。

央金尖叫一声，用双手掩住身体。

丹增镇定如常："出去。"

央金飞快穿上了衣服，在哥哥面前羞怯难当。

眼前的情形让普布猝不及防。他鼻子里喘着粗气，眼球又可怕地鼓突出来，丹增见状："药，杨医生给你的药。"

"活佛拿走了，他说红汉人的药会夺人心魄。"

丹增把他摁在椅子上，叫央金拿来湿毛巾给他蒙在额头上："不要着急，你不能着急。"

普布大喘着气，慢慢平静下来。汗水从额头上涔涔而下。

普布开口了："少爷说过要让我从寺院里回来。"

丹增冷笑："可是你不愿意。"

"我现在愿意了。"

"你愿意了？你愿意我不愿意了。下人随意支配主子了。"

普布站起身来，又坐下，声音低沉："寺院里有枪，他们要跟解放军打仗。"

丹增哈哈大笑："凭你们几个喇嘛跟解放军打仗！要打仗也轮不到你，该是我这样的人跟他们打。得了，想回来就好好求我，不要编这样荒唐的借口了！"

普布声音更低了："那我求少爷……"

"大声点，我没有听见！"

普布抬起头来，眼睛里燃起了怒火："少爷听见了。"

丹增："这就对了，找机会我跟老爷说说。"

"现在就说，晚了就来不及了！"

"对老爷不是什么话想说就说，你这不懂规矩的家伙！"

普布眼里希望的光熄灭了，一脸的绝望。他从怀中掏出那块化石，重重地放在桌上，发出一声藏獒般的咆哮，撞倒少爷冲出了房间。

央金哭了："少爷，帮帮我哥哥。"

49 寺院，僧舍

多哲活佛："红汉人又来庙里布施了？"

普布拿出一包茶叶、三个大洋，放在桌上。

多哲活佛从腰上解下钥匙："放到柜子里吧。"

普布打开柜子，除了柜子里的一堆银圆，他看见柜子里一支英式步枪寒光闪闪。

背后传来多哲活佛冷峻的声音："害怕了？你可是在护法神前发过誓了，如果违背誓言……"

普布："我知道。我请求活佛收回赐我的法名，叫我原来的名字。"

"出家人不能用在俗家的名字。"

"可我不想是他！"

多哲活佛从柜子里拿出了枪，重重地放在他面前："赶走了红汉人，你就叫回原来的名字！"

普布端坐不动，世界也仿佛静止不动了。

不知过了多久，佛像前的供灯没油了。微弱的灯火最后抽动儿下，灭了。外面有狗厮咬的声音。月光从窗户上照进来，刚好落在枪身上。枪身上的金属冷冷地反映着月光，也微微照亮了普布没有表情的脸。他的眼光也落在枪上，越来越亮。

突然，他拿起了枪。拉动枪栓，扣动扳机。声声都有惊心的响亮。

他猛吸了一口气。像一个老手一样，开始拆卸。他的动作越来越快，呼吸越来越急促，然后，枪变成一堆零件摆在了桌上。他静坐片刻，猛吸一口气，又很快把枪拼装还原。

50 一组交替的场景

央金在对杨医生诉说，泪水从眼中潸然而下。

青年联谊会里丹增少爷对吴医生说着什么，吴医生的脸色渐渐沉下。丹增少爷的头慢慢低下。

寺院里，一群身强力壮的僧人在学习格斗，普布被一个武僧重重摔在地上。

晚上，坐在禅床上的多哲活佛睡着了，打起了轻轻的鼾声。

普布坐在从窗口射进来的一方月光里，他从怀里掏出听诊器，学着医生的样子戴上。他拉开自己衣服的前襟，把听筒放在自己胸上。于是，他听到了自己的心跳声。

咚！咚！

那么大的声音把自己都吓了一跳。

他取下听诊器，声音消失了。师父还打着鼾声，外面，传来野狗们不安的狂吠。

他又把听诊器戴上，自己心跳的声音淹没了一切。急促的鼓声一样狂躁不安。他脸上的表情也变得凶狠而疯狂。

51 拉萨街头

寒风凛冽，尘土布满了灰蒙蒙的天空。

枪，终于从隐藏的地方，布满了拉萨街头。

在藏军手上，在康巴人手上，在从寺院倾巢而出的武僧手上。零星的枪声不时打破令人窒息的宁静。

丹增少爷跑到街上，已经看不到一个解放军、一个机关的干部、一个汉式装束的人了。他跑到青年联谊会。那里大门紧闭，小楼顶上垒起的沙袋上架起了机枪。匪徒们把这里紧紧包围了。他们疯狂叫嚣，向建筑上扔石头。

52 拉萨街头，夜

丹增少爷跑到了卫生所。

解放军撤走了。

匪徒们占据了这个地方。药柜被抢劫一空，推倒在地上。病床被拆散了，燃起一堆大火。匪徒们把病历、书甚至白色的床单投向火堆。他们还往火堆里扔酒精瓶。每一声爆响后，火苗腾起时就响起一片疯狂的笑声。

丹增少爷碰见了普布。

普布斜背着一支步枪，他的脸孔也因为某种疯狂的情绪闪烁着凶恶的光芒。他每向火堆里投出一瓶酒精，人们就欢呼一声，他自己也发出愤懑的怒吼。

当普布再次举起一瓶酒精时，丹增拉住了他："普布！"

普布脸上露出得意的神情："滚开！"

"我知道你恨我，但你恨药干什么，你阿妈的眼睛就是用这些药治好的！"

普布把一瓶酒精投入了熊熊燃烧的火堆。他转过身来，脸上的表情疯狂狰狞："我想杀了你！"

丹增走出几步，又回来："你应该恨我！可你不能跟解放军作对！"

普布喊起来："这里有个跟汉人跑的家伙！他是夏佳庄园的少爷！"

那些疯狂的人闻声而来，丹增害怕了，转身想跑。

普布一拳把他击倒在地，脚踩在他胸口上："别用老爷的口气跟我说话。我也是丹增，丹增踩着丹增，我要杀了你！"

丹增因为惊恐而大口喘气："我知道我错了。可你不能错上加错！求求你，跟我走吧！"

普布把枪顶在了丹增的胸口上，拉开了枪栓。

丹增步步后退。

普布步步进逼："我们还要去印度吗？少爷？"

"是你自己犯了错。"

"你不是要我还俗回家，继续侍候你吗？现在我不想回去了！"

"我错了，我不知道！"

普布朝少爷脚下开了一枪。

泥土飞溅起来。少爷倒下，又惊惶地爬起来，转身逃跑。

这狼狈的样子，让普布感到了快意，他追上去，又开了一枪。少爷再次摔倒。再次爬起来，惊惶逃跑。

两个追逐的人离开了混乱的人群，往拉萨河边跑去。

普布在后面，不断开枪："少爷，你还要带我去印度吗？！"

"是老爷不让！"

"我让你欺负我妹妹！"

"我真的喜欢她！"

"你让我成为解放军的敌人！"

"我没有——"

丹增已经无路可逃了，浩荡的拉萨河就在面前。他爬上一棵伸向河面的柳树。少爷已经被恐惧扭歪的脸上露出了笑容："普布，求求你，放下枪！"

普布绝望地大喊："我放不下了！"他又放了一枪。柳枝，柳叶飞溅。

少爷从树上掉进了河里。

普布奔到河边，雾气弥漫。

53 夜，路上

湿淋淋的丹增一路狂奔。

奔出了混乱失序的拉萨。

他奔跑。

没有一星灯火的布达拉宫落在了他的背后。

他跌倒了。仰面看见天空很阴沉。一些星光刚刚漏出云缝，又被翻卷而来的云团掩去了。

他继续奔跑。

他身后已经没有一个人了，拉萨已经在他的身后，他已经来到荒野上。远处有很多晃动的火把。在渡口，他看见一群人正在悄无声息地过渡。几个僧人正把一个人扶上牛皮船。牛皮船划走了。平静的江面上，一圈圈波纹映着天光荡开去，消失在暗夜里边。

他看见几个人跪下去，哭泣道："佛爷离开拉萨了！"

背后的拉萨又传来了零乱的枪声。

字幕：1959 年 3 月 17 日夜，达赖喇嘛和西藏地方政府主要官员潜出拉萨，逃往印度。

54 夏佳庄园

庄园上下一片慌乱。

一些贵重的东西驮上了马背。老爷和太太以及罗布次仁和几个愿意追随主子的仆人都穿上了厚实的衣裳。

拉萨方向的天空中有火光闪烁。

央金和母亲悄悄离开庄园,和许多下人躲入了庄园外的树林中间。

他们出发了。

太太哭泣:"我的儿子。"

老爷跺着脚:"走吧,不能等了,他是跟定解放军了!"

太太哭泣:"央金,央金呢?"

管家:"她躲起来了,也要去投奔汉人了!"

55 夏佳庄园，回廊

丹增跌跌撞撞出现时，庄园已经空空荡荡。

丹增推开每一道门，每一个房间都黑洞洞的，静寂无声。他回到自己的房间。

56 夏佳庄园，少爷房间

　　他一个人坐在黑灯瞎火的房间，脱出身上的湿衣裳，裹着被子，抱着饼干桶大嚼起来。他被噎住了。没有水，就拿起了酒瓶，灌了一口。他被烈酒呛住了，弯下腰猛烈咳嗽。

　　央金进门，她听到少爷在绝望地哭泣："少爷？！"

　　她摸索着点亮了灯。

　　灯光照亮了房间，少爷的眼神迷离而狂乱，看到央金，他问："我死了吗？普布向我开枪！我死了吗？"

　　他一手团着被子，一手紧拉住央金："我想找解放军，找吴医生和杨医生，可是他们不见了。"

　　央金想推开他，但推不开。

　　"阿爸和阿妈呢？"

　　"老爷和太太跑了。他们要去印度。"

　　"那我怎么办？我怎么办！"

　　突然，他把央金扑倒在床上。

央金惊叫："少爷！"

"我喜欢你，你要是不喜欢，就让普布来打死我吧！"

央金在挣扎，但她的衣服还是被狂暴的丹增撕开了。

央金停止了挣扎："少爷，少爷。"

丹增哭着，念叨着，疯狂动作。

这时，从拉萨城的方向，从别的地方，传来了清晰的枪炮声。

丹增叹息一声，从央金身上翻滚下来，又把她紧紧抱住："老爷和太太，还有普布都离开我了，你不要离开我！"

这时，一股叛匪打着火把，鸣着枪冲进了庄园。央金一头扎进了丹增的怀抱："少爷……"

丹增一口吹灭了蜡烛。黑暗中能听见叛匪冲上楼来，撞开一个又一个房间，翻箱倒柜，并不时发出得意的狂笑。丹增清醒过来，催促央金穿好衣裳。又把她推到了床下。

门被猛然撞开，一道手电的强光照在丹增脸上。

叛匪们一拥而上，把丹增少爷推下楼去。

马背上的叛军首领说："你是什么人？"

"我是夏佳少爷。"

"给他一支枪!"

丹增浑身颤抖:"我不会。我不会。"

首领端起手中的枪,对着楼上那些空荡荡的房间,扫了一梭子:"就像这样!"

叛匪们呼啸而去。丹增少爷也被他们挟持而去了。

57 寺院，僧舍

普布跑回了寺院。

他目光散乱，手里也没有了枪，只是诵经一样地念叨着："死了，我把他打死了。我把丹增少爷打死了。"

他推开门，佛像前还燃着灯。屋子里一片狼藉，所有柜子的门都大敞着，里面已经空空荡荡。

58 夏佳庄园，少爷房间

一地散乱的书，散乱的纸张。墨水瓶翻在桌子上。溢在桌上的墨水已经干涸了。

普布从地上捡起一张照片。少年的丹增少爷骑在马上，他牵着马。两个人的动作与表情都僵硬而紧张。

央金出现在身后，他浑然不觉。他拉开抽屉，把那只海螺化石放进去，把头使劲抵在了桌沿上。

央金："丹增少爷他……"

普布怒吼："我诅咒他！"

59 中印边界

一队叛匪正在翻越积雪的山口。

面孔憔悴肮脏的丹增少爷挂着枪也在这支零落的队伍中间。

攀上山口，印度兵出现在面前。

少爷回望，来路上是空旷的高原，连绵的雪山。

叛匪们把枪放在地上，举起了双手。

丹增少爷放下枪，如释重负，他用英语说："我是被他们强迫的，我不跟他们一起。"

一只穿皮靴的脚把他踹回到叛匪中间。

60 夏佳庄园，院子

普布摇着头，对工作队员说："他们说我是代少爷出家的。我不想出家。我从寺院跑回来了。"

工作队队员在表册上填写："原名普布，穷苦僧人，自愿回家。"

工作队长格桑走过来，他脸上有一道巨大的伤疤："谁可以证明？"

"央金，我妹妹，"普布指着院子里所有人，"他们都可以证明。"

杨谨医生："格桑队长，他就是央金的哥哥。"

格桑队长严肃的脸上露出一丝笑容："央金可是个好姑娘，说说，你有什么打算？"

普布："回家来照顾阿妈。"

央金："他喜欢机器！"

杨谨用商量的口吻："队长，纳金电站正在征募民工，也给我们下达了指标……"

格桑队长："那就让这个小喇嘛去开开眼，那里是有很多机器！"

普布问："我真的又可以叫普布了？"

格桑队长有些惊讶："这不是你的名字吗？"

61 纳金电站工地

红旗招展，喇叭中歌声震耳，人来人往，一派热火朝天的景象。

普布挥汗如雨，和其他民工从卡车上卸载水泥。

休息哨声响了。民工们四散开来了，在拉萨河边的柳荫里坐下。

普布却围着卡车转着圈细细端详。他的脸上又出现了痴迷的表情，他仰起脸来，大喘一口气，突然趴下身子，一头钻进了卡车底下。

他仰着脸，汽车的底盘就展现在了眼前。他用指头蘸一点轮轴上的黑油，闻闻。他推推传动轴，钢铁家伙一动不动。普布眼前闪过汽车开动时，传动轴飞旋不已的样子。再推推，那传动轴还是一动不动。他向前挪动，伸手摸发动机的底盘，他的手被烫了。他往手指上吹气。看他表情，他有些不明白看上去冷冰冰的钢铁怎么会烫手。

结束休息的哨声响了。他还在汽车肚子底下兴味盎然左顾右盼。

汽车突然发动了。

轮轴飞快转动，车轮也开始转动。

汽车从他上方开过去，普布一脸尘土，睁开眼睛，问围上来的人："我死了吗？"

人们哈哈大笑。

卡车司机气急败坏地冲他大叫："你想死就自己去死！不要叫我把你碾死！"

普布却笑了："我想开卡车。"

卡车司机骂道："神经病！"

一个领导模样的人站在旁边，制止了愤怒的司机，好奇地问普布："爱机器爱得死都不怕？"

62 拉萨河边，沙滩

普布着急，但说不出什么，左右环顾，眼光停在不远处的河滩上。

那里，一只牛头骨半埋在沙中，头骨上脱落下来的牛角歪在沙中。他跑过去，捡起牛角，举起来，从大的一头望出去，从另一头的小孔中看到了天空，然后，看到河水与沙滩，看到了人的脚，然后，看到了跟过来的司机和领导的脸。

普布笑了。

他迅速往牛角里装满了细砂，用在庙里学画坛城的方式，在一块岩石上作画。

那是一个齿轮。

"齿轮，让机器转动！"领导看懂了，对司机说，"看来，他是真爱机器。"

普布用双手模仿操作方向盘的样子："我想学开车，开汽车！"

63 印度，难民营

逃亡印度的下层藏人成了替印度在喜马拉雅山深谷中修筑公路的苦力。

暴雨如注，苦力们从工地跑回拥挤不堪的竹寮中避雨。

丹增少爷也在他们中间。

一个病人死在床上。

一个袈裟破旧的喇嘛替他简单祈祷，丹增认出来，这个人是多哲活佛，但他表情漠然，没有说话。

死人被抬到外面，上面盖上一张芭蕉叶子。

丹增少爷从小小的窗洞上，失神地看着雨水在叶面上飞溅。

64 麦地

麦苗青翠。

央金和阿妈正在给麦地浇水。

地头上立着新分土地的界桩，上面的字迹已经开始褪色了，央金掘开水渠。

渠中水一泻而出，漫向了麦田。

阿妈手搭在额头上，看到一个人从庄园的方向跑来。

普布跑到了地头："阿妈！央金！"

阿妈和央金："普布？真是普布！"

普布穿着一身崭新的蓝工装，站在母亲和妹妹跟前："我当上卡车司机了！"

普布接过央金手里的锄头，掘开又一处水渠的出口，水，从缺口中汹涌而出，漫向了青翠的麦田。

65 印度，筑路工地

烈日曝晒。

在印度士兵的监视下，难民们在劳动。

掘土，抬石，挥刀斩劈纠缠的林莽。

丹增少爷满脸汗水，吃力地挥动着镐头挖土。黏稠的泥使镐头更加沉重。他坐下来大口喘气。有一同劳动的难民嘲笑："少爷！梦都没有梦到过和我们这些下等人混在一起吧。"

"听说老爷们早有打算，在这里的英国银行存了很多钱。夏佳家那么大的庄园，没有替你存上一份？"

"妈的，老爷们把我们带出来，现在他们跑了，把我们扔在这里，还是当牛做马！"

"不过，有个少爷在这里陪我们受苦，也很不错！"

丹增少爷挣扎着，想要再次举起镐头，却眼睛翻白，倒下了。

66 印度，难民营

丹增躺在帐篷中的医疗站。

两个国际红十字会的医生站在他身边。收拾注射器的英国医生对他的印度助手用英语说："严重营养不良。"

丹增睁开眼睛，又无力地合上。

"这个年轻人看来难以走出这个营地了。"

英国医生："他只好求上帝，不，只有求他们西藏人的菩萨保佑了。"

丹增吃力地用英语说："救救我，我不想死。"

医生吃了一惊："我刚才讲的是英语。"

丹增："我的家庭是西藏有名的贵族，我的父母先于我逃来印度，请帮我找到他们。"

医生："上帝！"

"请帮帮我！"丹增少爷泪流满面，"我在大吉岭上学的时候，我家在银行里存了很多钱！"

67 夏佳庄园

杨谨医生长叹一口气："原来是这样！"

央金嘤嘤地哭出声来："少爷会回来吗？"

"……"杨谨医生看着她，没有说话。

央金："那天晚上，他说他爱我，要和我相依为命，以前他一直都只说喜欢。"

"你这个傻姑娘！"

"我要等他回来！"

"他说了要你等他吗？"

"……"央金红了眼圈。

68 印度，难民营

　　丹增少爷穿得干净些了，他拄着一根棍子，在难民营中慢慢行走。远处，又有难民死了。人们正准备在河边柴堆上焚烧尸体。他慢慢走过去，吃惊的神情浮现在脸上，原来，准备焚烧的那个人是多哲活佛。他的脸浮肿，苍白，半睁的眼睛像是带着不解的神情仰望着异国的天空。丹增少爷站立一阵，当焚尸的柴堆被点燃，他慢慢离开。

　　那个印度医生走来，交给他一封信。

69 印度，火车上

　　丹增少爷外面的衣服还很破旧，里面却换上了一件干净的白衬衫。他从怀中掏出了那封信，打开，信纸中间，掉出来一张支票。

70 电站工地

普布和他的汉族师傅在修理汽车。

他在师傅指导下把汽缸罩打开。

他看到一组四只汽缸，每只汽缸两个气门。

师傅用摇把摇动引擎。那整齐排列的四组八只气门，一上一下运动起来。

普布脸上露出恍然大悟的表情。

他站在师傅面前，挺着胸，呼气，吸气，呼气，吸气。

师傅赞许地在他胸上擂了一拳，并招呼他在身边坐下："电站完工，我支援西藏的任务结束了，就要回内地了，说说，你有什么打算。"

普布从驾驶室中取来一张那个年代的宣传画。画面上，拖拉机在广阔的田野上耕作，泥土从犁铧下波浪般涌起："政府给我们家分了地，我要回去！"

师傅深深点头。

"我很小的时候，因为还不上债，地被夏佳老爷家收走了。当裁缝的阿爸走村串户，死在路上。我们一家三口就成了夏佳家的家奴，"普布眼中，泪水盈眶，"如今政府又把地分给了我们，我要地里长出最好的庄稼！"

普布从怀中掏出一条哈达，献给了师傅。

71 纳金电站上方小山顶，夜

天空中，星光璀璨。

普布站在小山顶上。山下，是建成发电后的纳金电站。

发电站机房，灯火通明。

顺着堤坝延伸的成串的路灯，把视线引向深远。远处，布达拉宫和拉萨城，灯光点点，胜过了天上的星光。

普布笑了，他转身走到通向夏佳庄园的大路上。

背后的灯光消失了，眼前，是缀满天空的闪闪繁星。

字幕：1960 年 4 月 18 日，拉萨纳金水电站竣工发电

72 瑞士，石头镶嵌的老街

丹增在街道上行走。

一位绅士站在了他面前，他脱下帽子："丹增先生，还认得我吗？"

丹增又惊又喜："密斯特沃顿！想不到此生还能遇见你！"

沃顿先生笑了："哦，勇敢的年轻人，你一定吃了不少苦头。你还在难民营我就得到了消息，而且，尽我所能提供了帮助……"

"所以，我们才能再次相遇！"

"对，才有这次看起来巧合的相遇！"

73 夏佳家的西藏工艺品店

门铃叮咚一响，有客人推门进来。

罗布次仁满脸堆笑迎上去，用英语："你好，我叫罗布次仁。"

客人问："听说你们是西藏来的？"

"我们是，光顾小店就是对我们最大的同情。"

外国顾客慷慨解囊。

客人走了，坐在柜台后昏昏欲睡的老爷睁开眼："你和洋人说些什么？"

罗布次仁说："他说要告诉更多的人，来买我们店里的东西！"

74 瑞士，夏佳家

其实，就是小店楼上相连的三间屋子。

老爷看着罗布次仁清点一天的进项。他把那些大面额的钞票一张张放进一个镶着螺钿的檀香木盒。当他打开盒子时，里面紧压着的钱就溢出来了。

罗布次仁拿起一张。看看钱，又看看老爷。终于鼓起勇气："老爷，隔壁的伦茨，老板一周给他五十块钱。"

"他是雇来的。"

"我呢？"

"你是家奴，懂吗？从小我就管你吃穿，把你养大。前些日子不是又给你添了一身洋人衣裳吗？"

"我要工钱！"

"反了你了！"老爷喊，"鞭子侍候！"

太太从另一间屋过来："老爷，哪还有鞭子啊！"

"他敢向我要工钱，下人造反了！"

"这是外国，不是拉萨！"

罗布次仁顶嘴把老爷气坏了，他操起扫把，喊："反了你了，趴下！"

罗布次仁却咚咚地冲下楼去，跑向了外面的街道。

天翻地覆啊！他最忠心的奴仆都起来反抗了。他应该知道，一切都变了！

75 瑞士，咖啡馆

沃顿先生把一份报纸放在丹增面前。

大字的英文标题："中世纪的奴隶制被带到西方！"

沃顿先生："这是件丑闻，国际友人不能眼看着这样的事情发生。我们要做些努力，让他败诉。"

"你要我做什么？"

"法院传讯，你要站在自己父亲一边。"

"我自己的内心在家奴一边。"丹增有些激动，他问沃顿，"你不是被那些人驱赶出来的吗？现在又在帮助他们。"

"不，是你们，不是他们。"沃顿先生继续说："你是一个敏锐的年轻人。我替我的国家服务，我选择做对我国家有好处的事，有最大最多好处的事。"

"这就是你过去常说的英国式思维？"

"你可以这么想。"沃顿告辞，悻悻地走了。

丹增拿出另一份报纸，英文的《北京周报》。一个版面上，有大幅照片。他认出来了，那是央金，正在和乡亲们一起挥镰收割的照片，背后的田野，一派丰收景象。他从来没有见过央金有过如此灿烂的笑容。

那个动乱之夜的情形在他眼前显现。

76 法院审判庭

丹增出现在法庭证人席上。

他说："是的，我不认为在国外还要继续保有农奴是合适的。我也不认为在西藏继续保持这种制度是合适的。"

罗布次仁胜诉了，获得了自由。

丹增从法院正门出来，聚集起来的藏人对他发出了嘘声。

他知道，自己被这个自己置身其中的小社会唾弃了。

77 夏佳庄园，院子

过去的工作队长，如今的夏佳乡的格桑书记讲话："今天，我们选举夏佳乡第一个合作社社长，每个人一颗豆子，这就是选举权！这就是当家做主！准备好了吗？"

"好了！"兴奋的人们跃跃欲试。

央金和另一个男社员背对着开会的人坐成一排。每个人背后，都放着一只木碗。

村民们一一上前，在自己中意人选背后的碗中，投下一颗蚕豆。

听见豆落碗中的声音，央金忍不住想回头。

杨谨医生喊："央金！不动！"

阿妈最后一个上去，在女儿背后的碗中投下自己的豆子。

不用清点，只看碗中就知道央金已经当选。

格桑书记上去和央金热烈握手，他的眼光灼热，央金低下头，避开了他的眼光。

78 瑞士，中国大使馆

工作人员给他新到的《北京周报》。

这一期的报纸上，有中印边境战争的照片。一个持枪的解放军战士面前，大胡子的印度兵抱着脑袋蹲在地上，眼神张皇。还有一张照片，解放军缴获的印军武器。

丹增打开一本英文书，里面夹着从报纸上剪下来的央金的照片。他说："我爱她。我想回去。"

79 瑞士，夏佳家

电话铃响了。

罗布次仁拿起了电话："你好，我是罗布次仁。"

然后，他对着楼上喊："少爷！"

罗布次仁一脸困惑："说中国话的人找你。"

丹增少爷拿着话筒，脸上露出惊喜的表情。

夏佳老爷站在一边，脸上满布疑云。

丹增兴奋地说："我要回家了！"

"你就在自己家里，还回什么家？"

"老爷您知道，这里不是我们的家。"

这回，他拿出来那张央金的照片，已经镶在一个精致的镜框里了。丹增说："我梦见她生下了我们的孩子。我爱她。"

老爷和太太脸上露出愕然的表情。

80 拉萨机场

一九六五年夏天，丹增回到阔别多年的拉萨。

丹增四处张望，没有看到熟悉的面孔。穿着中山装和旧军装的几个干部迎上来，热情握手后，把他请进一辆吉普车。

丹增局促不安。当公路前方出现布达拉宫时，他流下了泪水。

81 拉萨，某机关办公室

丹增和两个干部相向而坐。

丹增的样子和两个穿着表情都单调严肃的干部很不协调。他穿着一套棕色的衣服，白衬衫领子大翻在外面，一条发亮的领带，尖尖的皮鞋。他躬躬身摘下帽子，露出一头几乎盖住耳朵的长发。

干部之一："你愿意去中学当教师我们支持。你知道，过去拉萨没有学校，现在那么多孩子要上学，老师真的很不够。"

丹增："那我非常荣幸。"

两个干部互相对望一眼："组织上想听听你还有什么要求。"

他拿出一张纸条，上面写着普布和央金的名字："我要见到他们。我的亲人都在外国，我要把他们当成我的亲人。"

干部拿起纸条："央金。"

丹增很兴奋："对，央金！"

"还有普布。"

丹增脸上的表情黯淡下来："对，他是央金的哥哥。"

两个干部笑了："这些情况我们都掌握。具体情况，另外有一位同志来跟你谈。"

他们出去，另一个人进来，坐在了丹增面前，含笑看着他。

"杨谨医生！"

两个人热烈握手，然后，丹增潜然泪下："那天，我怎么也找不到你们……"

82 人民医院，杨医生家

桌上一瓶白酒快要见底，吴医生和丹增都有些醉意了。

吴医生："你的故事都可以写一本传奇小说了。"

"大家都变了。"

吴医生："我们可没经历你那么大的变化。我不过是脱去了军装，她呢，转了业天天待在夏佳乡政府。"

"夏佳乡，就是过去的夏佳庄园吧？"丹增把脸转向杨谨医生，"可是，你还是没有告诉我为什么不能见央金。如今，我跟她是真正平等了，过去，我只能说我喜欢她，现在我可以说我爱她！"

他从军用挎包里掏出相框，是那张央金登在报纸上的相片，放在了桌上。

"丹增啊，你真不是当年那个轻佻的少爷了。这几年，央金一直在打听你的消息，可没有人知道你去了哪里，也不知道你活着还是死了，"杨谨叹口气，"你回来晚了，央金要结婚了。"

丹增痛苦不堪。

吴医生把酒瓶里最后的一点酒倒在两只酒杯里，端起自己的一杯一饮而尽："不过，西藏正在发生的变化一定是你喜欢的，西藏的建设也需要你这样的人才！"

丹增也把杯中酒一饮而下："那么，普布呢？我能见到他吗？"

杨谨："他还俗回家了。你知道的，他喜欢机器，现在，他当了拖拉机手，还会开卡车。他肯定会来看望你。"

丹增低下头："他肯定不想见到我。"

83 夏佳庄园，普布房间，少爷原来的房间

这个房间陈设基本没变，原来的书桌，带雕花围栏的床。

书桌上摊开着一本机械图，是好几只不同尺寸的齿轮互相咬合在一起的图样。图上躺着那只熟悉的齿轮。

这间房的隔壁，就是原来夏佳家的起居室，是民改后分配给阿妈和央金的房间。普布正在这两个房间的墙壁上开一道门。地上摆满了木工工具。

胖胖的伙房卓玛推门进来，普布没有抬头。他在给新门装一个金属把手："央金要搬走了，这样我好照顾阿妈和小卓玛。"

伙房卓玛把一碗菜汤和串在筷子上的三只馒头放在他面前："你照顾阿妈，我看你才需要人照顾。"

84 中学课堂

剪短了头发，穿着中山装的丹增出现在课堂上。

他别在前胸口袋上的金笔闪闪发光。

学生们哄笑起来。因为，他的发型、他的装束跟他的神情举止配合起来，确实显得可笑。

丹增自己也笑了。

85 中学，丹增宿舍

桌子旁边，摆着一坛青稞酒。

桌子上，两听打开的罐头、一只橘子、一盘红烧猪肉却一动没动。

普布把空了的酒碗重重放在桌上："好吧，你没死我很高兴，你回来了我也很高兴。从此我的内心没有歉疚了。现在，你去告发我吧！"

丹增含泪带笑："我告发你什么？！"

普布低下头："没有人知道我参加了叛乱，更没有人知道我还对人开过枪。"

丹增："要是你真想杀人，就没有我们现在的相见了。"

普布："你去，去向组织揭发我！"

"难道你还杀了其他人？"

"我没有！但我向组织隐瞒了。"

这时，响起了敲门声，是吴医生又带来一瓶酒。他说："我们用藏族的规矩来喝吧。"他把酒碗满上，自己喝了一口，把酒碗递给丹增，丹增喝了一口，递给普布。普布接过来，大喝一口。

丹增少爷说："不要那么大口，不要喝醉了。"

普布把酒碗递回来。

丹增也喝了一大口。

普布："你叫我少喝！你呢？"

丹增笑了。

普布一拳打去，丹增倒在了地上。

丹增躺着不动，他的声音悲切："普布，告诉我央金她好吗？"

普布翻脸了："你不在她就好！很好！"

丹增很固执："我知道她要结婚了，但我还是想知道她好不好！"

普布："你闭嘴。"

"我知道，我在外国看中国报纸。我还看到了她的照片。"

"她现在是合作社社长！你连提她的靴子都不配！老爷，你们被推翻了！我们翻身了！"

"我也解放了。我自食其力，我是中学老师！"丹增从地上坐起来，"但我毕竟逃到了外国，我对不起吴教员当年的教导。"

"你能回来，说明当年我们的工作没有白做啊！听统战部的同志说，你在外面也吃了不少苦。"

丹增："做梦都想不到还能见到你们。"

普布："吴教员不是教员！是医生。"

"在青年联谊会，他就是教员，他是最早教我汉字的人，教我革命道理的人。"

普布竖起拇指，表情夸张："在人民医院，他把人肚子打开，又缝上，要死的人就活过来了。就像我修理发动机，拆开，找到毛病，装好，发动，好了！"

丹增振作了精神，问吴医生："你们的孩子像爸爸还是妈妈？"

吴医生表情惘然。

普布低下头，一脸愧疚。

86 卡车驾驶室

丹增坐在普布的卡车上。

前方公路的岔路口出现一个路标，一个右转箭头上写着红色大字：夏佳村。

车没有拐弯，丹增叫："停！我们说好了去夏佳乡！"

普布停下车，忧心忡忡地看着他。

丹增："你不是说要带我去参加央金的婚礼吗？"

普布看着他好一阵，表情复杂。他把汽车倒回路口："你没出现的时候，我一直为杀死了你而愧疚。现在，我也许要后悔当时怎么会心慈手软。"

丹增说："谢谢你请我来参加央金的婚礼。"

普布开动了汽车："记住，这个女人已经跟你没有任何关系了。"

丹增悲切地重复他的话："我知道，是我自己把最好的女人错过了。"

87 夏佳庄园，门前广场

卡车驶近了庄园。

丹增看到，庄园大门上飘扬着一面五星红旗，庄园门口挂着夏佳乡人民政府的牌子。

很多人从庄园里出来。

普布一眼就从中看见了央金和杨谨医生。

普布下了车。

丹增坐在车上，身子像被钉住了一样，不能动弹。

杨谨医生拉开车门："既然来了，就下来吧。"

丹增汗水满脸，低下头，站在了央金面前。

央金把格桑书记，今天的新郎，介绍给丹增。格桑书记对他很冷淡。

往庄园里走的时候，丹增担心地问普布："以前的事情他知道了。"

普布："过去的贵族老爷他都不喜欢。"

88 夏佳庄园，院子

丹增怯生生走进院子。

眼前是熟悉而又陌生的情景。

一楼，原来家奴的作坊都改造过了，一个个小隔间打通了，面向院子开成了供销社的柜台。

二楼，大部分房间改成了乡政府的办公室。

89 夏佳庄园，三楼回廊

阿妈从原来的起居室的房间出来，看到丹增少爷，脸上露出惶恐而惭愧的表情。

丹增说："我喝到阿妈酿的青稞酒了，普布捎给我喝的。"

阿妈的眼中涌起了泪水。

格桑书记哼哼一声，很不满意地离开了。

央金把阿妈推回了房间。

丹增自然也有些伤感，但他抑制住了自己的情绪。

90 夏佳庄园，当年的少爷房间

丹增走进自己过去的房间。

床还是当年那一张。

桌子还是他当年用的那一张，上面摆着普布的机械图，机械图上放着他送给普布的那枚齿轮。

墙上，是北京天安门前各族群众载歌载舞的喜庆场面的画片。他看到画片后面的墙上，还有他当年留下的英语涂鸦。

丹增下意识地转动了那只齿轮。

普布有些尴尬："政府把你的房间分给了我。"

丹增拼命掩饰着自己的怅然之感，他看看跟进来的杨谨医生、普布和央金，从挎包里把那只相框取出来，放在了桌上。央金从上面看到了自己的照片。

他低头："看到这个，我就觉得应该回来。你这么了不起，我很高兴。"

央金终究是流泪了："我知道当初你也不舍得走的。"

"我那些书，也分给……"

央金："我们以为你不会回来了。那些书，孩子们拿去玩，男人们拿去卷烟……"

丹增故作洒脱地挥挥手，好像就把失望的心情赶走了。他又拿出一块印度丝巾，一块手表："这是我带给你的礼物，正好作祝贺你大喜的礼物。"

央金趴在杨谨医生肩头，泪水汹涌而出。

91 夏佳庄园，门前广场

楼里，婚礼的喧闹声响起来，丹增只身从院子里出来，钻进了驾驶室。

庄园里很热闹，丹增却一直袖手坐在卡车里，听着庄园里面的笑闹与歌唱，看着夜色慢慢降临，天边升起了月亮。广场上靠着庄园高墙的一边，竖着一块电影幕布，被风吹着，鼓起来，像一面船帆。

普布和几个人抬着一张桌子出来了，两个人在桌上架设放映机。普布在离卡车不远处，把一根绳索一圈圈绕在皮带轮上，奋力一拉，发电机嗒嗒地响起来。放映机射出一方光亮，投射在了不断被风鼓荡的银幕上。人们拥出来，坐在了银幕跟前。

普布走到车前，脸上露出怜悯的表情，但当他拉开车门，坐进了卡车，话里就充满了挑衅意味："我妹妹的喜事，你不高兴？"

丹增："我应该为她高兴，我只能为她高兴。"

普布："看到翻身农奴住在了老爷们的房间里，你心里不是滋味？报纸上是怎么说的，'剥削者不甘心失去……'"

丹增："'不甘心失去他们昔日的天堂'。今天我心里是不好受，可我也没觉得那个昔日就是天堂。"

普布吃了一惊："天哪，你哭了。"

"我说过我爱她。"

丹增拼命抑制，但泪水终于涌流出来。

"想哭就哭吧，反正央金已经嫁人，嫁给革命干部了。你看见我妹夫格桑脸上的伤疤了吗？解放昌都时负的伤！"

越来越多的人从庄园里出来，聚在银幕跟前，准备看电影了。

伙房卓玛抱着小卓玛从人群里出来，站在了汽车跟前。

普布摇下车窗，在六岁的小卓玛脸上亲了一口，小卓玛用稚气的声音喊普布："舅舅。"

丹增："她叫你舅舅，那她就是央金的女儿？"

普布挥手让伙房卓玛把小卓玛抱开，一脸凶相对着丹增："她不是央金的女儿，是我的。"

丹增："可她叫你舅舅。"

普布表情更凶狠了："我就喜欢女儿叫我舅舅，少爷。"

92 夏佳庄园，当年的少爷房间

　　格桑书记和普布隔着书相向而立，他把一叠纸放在桌上："你要把多哲活佛的事情，和你跟他一起时的事情向组织交代清楚。"

　　"可是……丹增说，他已经死了。"

　　"你就那么相信他的话？"

　　"你为什么不相信我？"

　　"为什么？就因为你是央金的哥哥，就因为我是央金的丈夫？都写下来，说清楚了组织就相信你。"格桑书记很冷峻地说。说完，转身出去了，留下一串空洞的咳嗽声。

　　普布的脸上，浮起了害怕而又困惑的表情。

　　伙房卓玛又给他留了饭。推门不开，就一个劲猛敲。

　　他没有吭气，也没有点灯。

　　门外，伙房卓玛嘀咕几句离开了。

　　夜里，月光从窗户上照进来。普布打开一只箱子，把几卷经书塞进了火炉。火苗欢快地吞噬那些经卷。

门又被敲响，他打开门锁，伙房卓玛端着菜和几个馒头进来了。

普布说："造反派说我是反动喇嘛。我妹夫也说我是。"

女人的眼睛慢慢湿了。

普布说："我想喝酒。"

女人搬来酒坛，给他满上一碗。普布慢慢啜饮。女人也给自己倒上一碗，在他对面坐下来。

普布说："阿妈酿酒的手艺就是好。"

伙房卓玛："是阿妈教我酿的。"

普布看着卓玛，眼里难得地流泄出温柔的光芒。

伙房卓玛低下头："那个丹增少爷问我，小卓玛是不是我生的。我说是。"

"你怎么敢这么说？！"

伙房卓玛："你对他说小卓玛是你的女儿，你能自己把她生出来？"

普布无言以对。

伙房卓玛又端起酒坛替他把酒碗斟满。

普布一口饮下，拍响了桌子："连他也敢不相信我说的话！"

93 床上

早晨，普布醒来，赫然发现自己和女人睡在一起。

他一惊而起。

女人伸手把他摁住："怕什么，你又不可能再回庙里当喇嘛了。"

普布颓然倒下。

伙房卓玛用被子捂住脸，咯咯笑了。

普布把她压在了身子底下。

听到响动，阿妈把那道新开的门推开，看到床上的情形，眼里露出喜色，又把门掩上了。

94 路上

　　普布拉着一车货在路上。

　　一伙戴红袖标的人设了卡，车过不去，他被造反派截住了。

　　"检查！车上拉的什么？"

　　"粮食。"

　　"正好，拉到我们指挥部去！"

　　"这是夏佳乡交的公粮，国家财产！"

　　"啰唆！"

　　普布的卡车驾驶室外，一边站上来一个戴红袖章的造反派，挥手让他开车。

　　普布气得一身哆嗦，脸孔绯红，嘴唇乌青，眼睛鼓突，但他还是慢慢启动了汽车。汽车开动起来后，他才慢慢平静下来。他笑笑，放慢了车速，猛然一开车门，那个造反派摔倒在了车下，他再一掀那边的车门，那个造反派也惊叫一声，掉到了车下。车继续往前，他从后视镜里看到那两个家伙从路上爬起来，一瘸一拐地想追上汽车，他索性把卡车停下，跳下车来，冲着他们做了一个表示轻蔑的手势。

那本是他做喇嘛辩经时用来蔑视对手的手势。

他又跳上车，加快了车速，卡车屁股背后扬起的尘土，把身后的一切都掩没了。

普布狠狠唾了一口。

95 中学校园

阴天，丹增瑟缩着身子，从校园中穿过。

风，挟着尘土，挟着花花绿绿的传单，从他面前翻卷而过。

一些标语新贴上墙。在校园中漫步的牛把那些纸从墙上撕下来，伸出舌头，舔噬纸背上和墙上的糨糊。

普布开车从校园门口经过。他看见丹增萎靡不振，就放慢了车速。

丹增看见了，不失优雅地向他脱帽致意。

普布脸上没有一点表情，加大了油门。

丹增站在大字报栏前，大字标题赫然在目：打倒帝国主义间谍丹增！

普布把卡车又开了回来，他打开车门："上来！"

丹增问："干什么？"

普布："你给我上来！"

丹增上来了。

普布大笑，神情有些疯狂。

丹增："他们让我学习批判我的大字报，我要下去。"

普布开动卡车，冲出了校门。

丹增："你疯了，我要下去！"

普布猛一下停住车："我是他妈疯了！这些日子我脑子里他妈像是有群野蜂一样嗡嗡作响！从你家老爷把石帽子戴到我头顶上，要挖我眼睛时起，我的脑子就时常嗡嗡作响！脑子一响，我就觉得自己要疯了！"

"我父亲有罪，造反派说了，他的罪也就是我的罪。他们说我不服气，但在你面前，我服气，他的罪也是我的罪。"

普布："我梦见你揭发我了。"

丹增："我不会的！"

普布："我梦见了就是真的，我叫过你的名字，你想什么我知道！"

丹增冷笑："要真是这样，那我愿意叫普布，那样我就知道你是怎么想的！"

96 粮食仓库

偌大的院子空空荡荡。

普布猛摁了一阵喇叭，才有一个人提着一大串钥匙出来："回去吧，今天没有人收粮！"

"人上哪儿去了？"

"开批斗会去了！"

普布跳下车，劈手揪住那个人："有人抢粮我都没给，你还不收？我们夏佳乡夏佳高级农业合作社全体社员，高高兴兴把粮食交给国家，你不收？"

那人说："你实在要交也可以，可要自己卸车！"

"一万斤粮，你叫我自己卸？"

那人收起钥匙："那我就没办法了。"

普布想想，打开车门："少爷老师，你也下来帮忙吧。"

丹增："可是，我干不了这样的活。"

普布涨红着脸，放下车厢后门，把丹增推上卡车："就把这些口袋放在我背上，你会吧？"

丹增把一袋粮食推到他背上，普布叫："再放一袋！"

普布把两大袋粮食背进了仓库。又很快回到汽车前。

不多久，他脸上就满是汗水了，脸孔又涨得通红。当他再一次起步时，步子有些踉跄，丹增赶紧跳下车，扶住袋子："你休息一下，我来背，我一袋一袋地背。"

普布不吭气，回到车前，用血红的眼睛凶恶地盯住丹增。

丹增爬上车，又往他背上放上了两袋粮食。这回，刚一起步，普布摇晃一下身子，就倒在了地上。口袋重重摔在一边，"哗啦"一声，麦子从摔开的袋口倾泻而出，撒了一地。

97 人民医院

丹增在手术室门前焦急徘徊。他的嘴唇飞快翕动着，看得出他在口诵佛经。

走道里亮起了灯光。

外面一阵拖拉机响后，央金、伙房卓玛和杨谨急急走了进来。格桑书记跟在后面。

央金："哥哥他怎么了？"

"他背得太重，吴医生说是他脑子里的旧毛病发作了。"

格桑书记："旧毛病，他有什么旧毛病？"

丹增把手里的脑部 X 光片交给杨谨，脑袋低下去："吴医生说是脑子里旧伤发作了，我知道，那是夏佳老爷对他用刑留下的毛病。他脑子里有堵死的血管。"

伙房卓玛捂着脸哭了起来。

格桑书记却在冷笑："可他还不跟你们这些贵族老爷划清界限。"

丹增心有不甘，但还是说："我知道我有罪。"

杨谨把不满的眼光投向格桑书记，对丹增说："不要把什么事都往自己身上揽，央金告诉过我，当时你还去救他。"

丹增看着央金，泪水潸然而下："我真觉得我有罪。"

格桑书记又发出了猛烈而空洞的咳嗽声。咳完了，他恨恨地说："我这也是旧伤，叛乱分子把我的肺打掉了大半！"

手术室门打开了，手术车隆隆地推向病房。

央金和伙房卓玛趴在床边，丹增也趴在床边，相跟而去。

吴医生摘下口罩："他脑子里有堵死的血管，我给他打通了。"

98 病房

头上缠满绷带的普布睁开了双眼。

他看到了央金，又看到了丹增和吴医生。

伙房卓玛笑了，央金却哭出声来。

丹增抓住了他的双手。

普布眼里泛起温柔的神情，动了动嘴唇，却没有发出声来。

吴医生把手指竖在嘴前："不要说话，你睡了三天了，再睡三天我才准你说话。"

丹增："这次是真正的放血，一大桶呢。"

杨谨："好在这次你是昏迷了，所以不能逃跑。"

普布："赶我跑我也不会跑了。"

病房窗前杨树一片浓绿，被风吹得哗哗作响。

99 人民医院

秋天了，医院院子里的杨树被高原的阳光照得一片金黄。

央金和杨谨进进出出办理各种手续，伙房卓玛和普布坐在树下的长椅上。

普布问："丹增怎么没来？"

伙房卓玛翻开普布的眼皮看他的眼睛："你的眼睛里真没有吓人的东西了。"

"我的脑子变轻了，"普布不相信一样摇晃着脑袋，"还有吴医生，我有好几天没有看到他了。"

央金和杨谨回来了，把他扶上拖拉机。

"丹增和吴医生呢？"

杨谨没有说话。

央金看看杨谨："他们被打倒了。"

"打倒了？！打到哪里去了？"

"我们也在打听。"

普布平静地说："我也应该被打倒，"他又摇晃着脑袋，"我的脑子真的变轻了。"

拖拉机发动了，驶出了医院。

100 夏佳庄园

央金已是夏佳乡的脱产干部，我们第一次看见穿着汉式服装的她，长辫子盘在头顶，和杨医生对坐在两张相向的办公桌前。

杨谨医生拿着一份文件。

央金问询的目光落在文件上。

杨谨医生："上头要送几十个人来让我们监督劳动。"

央金："好啊，我正为修水渠缺劳动力发愁呢。"

杨谨医生："可都是些什么人啊！农奴主，反革命分子，走资派，漏网匪特……这些人可得好好看管！"杨谨医生接过通知边看边说，接着她的脸色变了，"央金啊，老吴，还有丹增少爷，都在名单上面。"

央金叹息："吴医生和少爷……"

格桑咳嗽着，出现在门前，他面带病容，身体虚弱，但目光却很坚定："庄园的经堂还空着，分给老百姓他们也不住，封建思想！现在正好给这些人住，晚上，门口放上两个民兵站岗!"

央金嗔怪:"说好了,你要好好休息。"

"阶级斗争你死我活,"话未说完,他就咳得弯下腰去,"那时,我去劝他们不要叛乱,他们把我折磨了三天三夜。"

杨谨医生:"你该到拉萨医院,好好看看。"

格桑离开,挥着手:"我不放心,我就在这里好好看着。"

101 夏佳庄园，以前的经堂

当年金碧辉煌的经堂，早已黯然无光。

墙上的宣传画和条幅下面，还隐约露出一些残存的佛教壁画，只是已然光线暗淡。

靠墙一排大通铺。有前喇嘛披着被子闭目打坐，还有人躺在床上鼾声如雷，也有干部模样的人坐在床上看《毛泽东选集》。

吴医生身靠着被子，把手伸在灯光下："这样天天搬石头，挖土，怕是再也不能拿手术刀了。"

丹增："不是让你回医院了吗？怎么又回来了？难道他们那些人不生病了？"

吴医生放低了声音："犯了更重的病了。"

这时，普布挟着被子和褥子弯腰从门口进来。

人们喊："挤不下了！出去另找地方！"

普布脸容平静，甚至带着浅浅的笑容，来到了吴医生和丹增跟前："只好来挤你们了。"

丹增和吴医生起身，挪出一块地方，铺开了普布的褥子。

普布长叹一声，倒在了床上。

吴医生："你好利索了吗？"

普布摸摸脑袋，笑了。他又转脸对丹增说："不用你告我，我自己向格桑书记坦白了。"

丹增对吴医生用英语说："疯了。"

普布问吴医生："他说什么？"

"他说你疯了。"

"大家都疯了。"

丹增对普布说："这下，我们是真正平等了。可惜是我往下了，你没往上。若是大家都往上平等，那该有多好啊！"

普布笑："这铺真他妈太挤了。"

屋子外响起格桑的声音："关灯，睡觉！"大家吹灭了灯盏，从外面传来了格桑的咳嗽声。

黑暗中，吴医生叹气："唉，这个人，肺都烂空了。让他去住院，怎么劝都不去。"

丹增："他怕我这个英国间谍窃取情报。"

普布："住嘴！"

几个人睡下。

普布又突然翻身起来，黑暗中眼睛灼灼发光，他摇晃着脑袋对丹增说："少爷，我的脑袋变轻了，你不在我脑子里了！"

102 水利工地

休息哨响了，吴医生跑到溪边洗手。

普布对丹增说："都要累得倒下了，还洗手，完了还是石头泥巴。"

丹增："他是医生。"

普布语带嘲讽："你是老师，我是司机。"他还空手摇摆着身体，做了个开车的动作。

丹增起身，也往溪边的柳林中走去："怎么？你也要爱惜你的手吗？"

丹增做了个撅屁股的动作，消失在柳树丛中。

普布往他身后扔了一个土坷垃。

丹增又出现了，向他招手。

103 水转经轮

普布跑进柳林。

溪水上，一座水动的转经轮出现在眼前。转经轮已经被人砸坏了。洞开的经筒歪倒在地上。里面还有些残存的经卷，经过风吹雨淋，已经字迹漫漶。但溪水还像当初一样，汇入水槽，冲击在木制水轮上。水轮旋动着，在阳光下洒开一片漂亮的水花。

普布看得出神，说："奇妙的轮子。钟表，电站，汽车，你说以前的西藏人为什么就想不起这些。"

丹增："你还想起了什么？"

普布："你是说……"

丹增笑了："我什么都没有说……但我觉得你想起了什么。"

普布："说出来，就算你的主意。"

丹增："这是好事情，好事情算到我这种人头上没用，你说出来算你的功劳。"

吴医生过来，听不懂这两个人在打什么哑谜。

普布："水电站？我们可以修一个水电站？"

普布："对，水电站！"

吴医生："水电站？！"

104 水利工地

吴医生叫来了一个眼镜男子，对普布和丹增："说给李工程师听听，你们的主意。"

普布用脚把泥地扫平，用一根木棍画了起来。引水渠。一座房子。工程师说："磨坊吗？前边就有一座。"

普布继续画：一只电灯，他还给电灯四周画上表示光亮的线条。工程师明白了："水电站。是啊，这么长的水渠，只用来浇地，太浪费了。"

丹增："我们把夏佳村点亮！"

"就凭你们，修电站？"

吴医生："还有你。"

105 一组交替的场景

央金问普布："水电站？！"

杨谨问央金："水电站？！"

格桑书记问杨谨："水电站？！"

经堂里，大通铺上被褥卷起来，平铺着白纸。普布一手掌灯，一手拿着各种画线的尺子，李工程师弯腰作图。各种线条纵横交织。

普布突然开口："没有齿轮。"

工程师看他一眼："我们不造机器，我们只是安装。齿轮在机器里面。"

丹增在另一侧掌灯，吴医生在写：《夏佳乡关于修建小型水力发电站的请示报告》。

四个人在乡政府办公室交上图纸和报告。

吴医生对央金和格桑书记说："这个灌溉工程，要是再加上一个电站，两全其美。"

央金和杨谨医生坐上拖拉机，去往拉萨。

拉萨。她们两位在某机关一位领导面前交上了报告和图纸。领导抬头，惊异的目光。

两人拼命点头。

106 工地

他们刚在水渠上安装好一道水闸。

普布摇动一个钢铁轮盘，刻满螺纹的钢轴旋转着，轻松上下。钢轴下方，是结实的木头闸板。

他们看见了拖拉机上杨谨医生和央金对他们招手。几个人向着大路上拼命奔跑。

普布跑在最前面。剩下三个人气喘吁吁，掉在后面。他们干脆不跑了。双手撑腿，向前张望。

普布跑到了，和央金一起站在路上向他们高喊："水电站！"

三个人大喘着坐在了满是尘土的泥地上。

普布跑过来，仰身躺倒在他们中间的泥土上。他大笑，天空中流云旋转。

丹增对央金和杨谨说："也许这件事情办成，吴医生和普布就解放了。"

杨谨："这件事成了，也有你的功劳。"

丹增摇摇手："我跟他们不一样。"

107 夏佳庄园，少爷房间

桌上摆了几样肉菜，还有一坛青稞酒。

格桑书记端坐不动。

普布、丹增、吴医生、李工程师，还有杨谨与央金围桌而坐。脸上的表情却不明所以。

伙房卓玛打开酒坛，给每个人面前都斟满了酒。

格桑书记脸上这才露出了笑容："你们几位改造得很好，我请你们喝酒，祝贺一下！我干了！"

普布对丹增眨眨眼，大家都把酒干了。

格桑书记又端起了酒碗，又发出猛烈而空洞的咳嗽。

吴医生按下了他的手："不行，你不能再喝了。要是我没被打倒，就要下命令强迫你住院。"

格桑书记还是固执地端起碗。央金夺过他手中的碗，一饮而尽。

格桑书记笑笑："我现在活着的每一天，都是捡来的。我去劝被包围的叛匪投降，他们把我吊起来，两天三夜，还对着我胸口开枪。我以为活不了了，想不到还看到了胜利。"

大家端起碗，一饮而尽。

格桑书记："我恨所有革命的敌人，不打仗了，我就有些糊涂了。说你们是敌人，我就恨你们，但看来看去，你们又不像是敌人。"

普布："要是吴医生没把我脑子医好，或许这会儿它就炸开了。"

伙房卓玛进来上菜，小卓玛也跟了进来。

央金把她抱在怀里，禁不住瞟了丹增一眼。

丹增掏出水果糖，塞到小卓玛手上。

小卓玛不接，转脸看着普布。

普布假装没有看见。

丹增剥开一颗，要塞到小卓玛嘴里。

格桑书记重重地把酒碗放在桌上。

央金起身把小卓玛抱出了房间。

丹增尴尬万分。

108 水电站

十几平方米的一个空间。

一台水轮机坐落在水泥坑井中，伸出地面一个转轮。

皮带把水轮机和一台平卧在水泥基座上的发电机连接起来。一组电线从发电机出来，升到天花板上，又顺墙而下，通到一个立式柜子后。柜子面板上，是一组开关。开关上是一组保险。保险上面是表示电压电流的仪表盘。

几个人坐在地上，抽烟，丹增从怀里掏出了他的酒瓶。酒瓶无声地在几个男人手中传递。

杨谨医生推开门，看见这场景，拉着央金退了出去："受了这么多罪，让他们好好享受一下。"

央金："姐姐，我高兴，我想哭。"

杨谨医生搂着央金，也红了眼圈。

村里人络绎来到，他们都被挡在了发电房外面。孩子们忍不住好奇心，都挤到窗前向里面张望。

晚霞烧红了天边。

109 水电站

进水闸口。普布搓搓手，绞动了闸门。闸门升起来。水从渠中哗哗奔涌向电站。一大群孩子和年轻人追着哗哗的水头跑在前面。

水冲进厂房，冲进水轮机的进水口，然后，从里面一跌而下，哗然一声轰响，厂房外的出水口那里喷射出白色的水花。

水轮机慢慢旋转起来，皮带也随之旋转，发电机也开始嗡嗡旋转。大家都屏住了呼吸，所有旋转的都越来越快。

仪表盘上方的彩灯亮了。

仪表亮了。

仪表盘上的指针颤动着，越升越高。

李工程师指指送电开关，示意普布来扳。

普布摇摇头，打开机房的门，做出准备奔跑的样子："我要亲眼看到电跑到村子里面。"

普布和丹增奔向厂房外的提坝，央金也奔出了屋外，村里人也相跟着拥上堤坝。

李工程师这才合上了电闸。

在他们眼前，夏佳庄园，整个夏佳村，每一个窗口都射出了明亮的灯光！

央金捂着脸，慢慢蹲下了身去。

杨谨医生看着吴医生，泪水溢满了眼眶。

人们往灯火通明的村子里跑去。

丹增回到厂房，普布也跟了进去。

110 电站厂房

远处传来人们在夏佳庄园欢舞的歌声。

丹增的表情一本正经:"同志,革命群众在欢庆,你应该跟革命群众在一起。"

普布:"这份功劳也有你一份?"

丹增:"我是被推翻的剥削阶级,我在这里守着,你们去吧。"

"酒!"

两个人用同样的白色搪瓷缸对饮起来。而且,很快就喝多了。

普布跌坐在了地板上,从身上掏出齿轮:"伙计,你忘了这个东西吧。"

丹增:"不要把什么东西都摆在外面,齿轮在机器里面!"

普布:"我知道它们在里面转动,我打开过机器,很多齿轮在转动!在机器里面!"

他们身边，水轮机飞转，通过皮带带动着电机跟着飞转。水轮机井下面，巨大的水声在轰轰喧哗。

普布坐在地板上转动了那只齿轮。齿轮辘辘飞旋。

丹增也伸开腿坐在他对面。齿轮转到他面前，失速，倒下。

他又把齿轮转到了普布面前，失速，普布没让它倒下，又旋转了一把。这飞速的转动，模糊了两人的视线，他们恍然看见齿轮在两个当年的少年人中间旋转，在庄园少爷房间的地板上，在书桌上，旋转在书本的缝隙之间。

111 电站厂房，黎明

央金他们几个人走进厂房时，两个大醉的人都没有感觉。

普布按下旋转的齿轮："不玩了，你输了。"

丹增："天哪，醉成这样，谁会相信你还当过喇嘛。"

"我都忘记是什么时候开戒的了。哦，要不是有人逼我向他开枪，还装死掉到河里，我是不会开戒的。"

"你居然向我开枪！"

"可是我为什么对你开枪？"普布揪住了丹增的领口，眼里露出了凶光。

杨谨把几个人推到门外，挥手让大家走开。两个男人走开了，两个女人却又回到门前。

丹增："小卓玛不是你的女儿。她是央金生的！"

普布翻身起来："你要再敢这么说，我就掐死你。"

"那天晚上，我从河里爬起来回到庄园。一个人都没有了。央金来看我。我想我只有她一个亲人了……"

"住嘴！"

"我知道她害怕，我还是……"

"我叫你住嘴！"普布的拳头落在他脸上。

丹增摇摇晃晃想站起来，却又倒下了。他说："那时，我是老爷，喜欢一个漂亮的女仆……还有女仆自己跑到我床上呢。可是，现在我爱上她了！"

"闭嘴！她是国家干部，你配不上她。"

"我知道，我知道。我的脑子知道，但我的心爱她。我也知道我有赎不清的罪过。"

"报纸上怎么说的，'失去天堂的贵族老爷们阴魂不散'！"

丹增哭了："所以，我遇到什么不公道，都不抱怨，一个赎罪的人什么都不会抱怨。"

"求求你，不要哭了，不要像个女人一样！"

普布也哭了："咦，我对那个汉人女菩萨做了什么，央金告诉我，她再也不能生孩子了！"

这回，是丹增的拳头落在了普布脸上。

门外，央金靠在杨谨医生肩头饮泣。

112 电站厂房

天亮了，两个人醒来。

机器停转，巨大的声音消失了。深深的水轮机井里，有水缓缓地滴下，发出清脆的回响。

央金、杨谨医生、吴医生、李工程师静静俯视睡在地板上的他们俩。

两人起身，互相看到了脸上的伤痕。

丹增龇龇牙，咝咝吸气。

普布指着丹增脸上的乌青，笑了。

113 夏佳庄园

　　吴医生背着背包，一只手提着网兜，里面是搪瓷脸盆、碗和茶缸，还有几本书，他另一只手握着丹增，一脸歉意："那么，我先走一步。"

　　丹增努力微笑。

　　吴医生和几个一起劳动改造的人下楼去了。

　　丹增怅然若失。吴医生又回来："你要坚强，要相信这一切都是暂时的。"

　　丹增说："谢谢你。"

　　吴医生有些不忍，但楼下响起催促声，他拍拍丹增的肩膀，下楼去了。

　　楼外，响起了人们的告别声，拖拉机声。拖拉机声远去了，四周又安静下来。

　　丹增靠着墙一脸落寞，背蹭着墙上的纸嚓嚓作响。丹增使劲蹭蹭，一些碎片从墙上剥落下来，掉到脚前。

　　他捡起一片，是报纸的一块，上面有残缺不全的字迹。

报纸从他手中飘下，他又捡起一块，纸上的红色已经黯淡到几乎不见。他转身，用手揭那些贴在墙上的纸。抠开一张，又露出了另一张。最后，他的眼前，出现了墙壁上彩绘的壁画的局部。一团云彩，半枝莲花。旁边的空白处，是歪歪斜斜的一行英文字母。是当年他留下的字迹。

丹增顺着墙出溜下去，坐在了地板上。

央金牵着女儿的手从楼下上来，看见丹增，脸上露出不忍的表情。她想说什么，又无从说起。她牵着女儿急急地进了另一间屋子。

114 夏佳庄园，原经堂

原来拥挤不堪的房子空了许多。

通铺上，许多位子都没有了被褥。

只剩下几个面容阴沉的喇嘛和旧贵族。他们对他露出幸灾乐祸的表情。

丹增躺在床上，落寞至极。

普布挟着被褥进来了："嗨，少爷！"

"你解放了，去陪你的女人吧。"

普布坏笑："我已经陪了她两个晚上了。现在，我来陪陪朋友。"

丹增叹口气："朋友？过去是你想做我的朋友，但你不配，现在反过来，是我不配了。"

普布一副没心没肺的样子："那就做一天算一天。至少这一阵子我是你朋友。"

丹增翻过身，把脸埋在了枕头中间。

普布："不要哭啊，我不会劝人的啊。"

丹增抬起头："我想流泪，但我不会哭。"

"那就睡吧。"

丹增闭上眼。

普布很快发出了鼾声。

丹增叹口气，睁开了眼。

小卓玛进来，摇摇他的手。

丹增翻身坐起来："哦，小仙女从天而降，"他揉揉眼睛，"真的是小仙女从天而降！"

"我要糖。"

"对，对，糖！"

丹增翻身起来。打开床头的木箱，取出了糖果。丹增剥开了一颗，塞到小卓玛嘴里。看着小卓玛脸上露出的甜蜜表情，他的脸上也浮起了同样的表情。丹增又从箱子里取出镶着央金照片的相框："看，你像你阿妈。可他偏说她不是你妈妈。"

普布醒来："你说什么？"

丹增得意地说："我早就知道，她是央金的女儿……"

普布对小卓玛说："你怎么跑到这儿来了？出去，到奶奶那儿去。"

"阿妈叫我来看叔叔。"

窗外，一串脚步声匆匆远去了。

115 夏佳庄园，门前广场

正在放映电影。

彩色电影。北京庆祝粉碎"四人帮"的群众游行的热烈场面。全国各地声讨"四人帮"的场面。里面，也有西藏的画面。藏族人民载歌载舞。即将丰收的田野，青稞地绿浪翻拂。欢快奔流的渠水，飞快旋转的水轮机。

丹增站起来，大声说："看，我们的电站！"

他看看左右两边，都是看得出神的社员，普布和吴医生都不在身边。他快快地坐下。

这时，有关西藏的画面已经一晃而过，银幕上汽笛一声长鸣，火车喷吐着烟柱冲出隧道。高炉前钢花飞溅。

这时，起风了。风撕扯着幕布，天上一道闪电，雨点噼噼啪啪地砸下来。

人们一阵忙乱，穿上雨衣，打着雨伞，顶着牛毛粗毯，继续看电影。

风停了，雨却越下越大。放映机投射出的灯光，照亮了急掠而下的密集雨线。

116 水电站

进水口外，洪水在猛烈冲击着闸口前的堤坝。堤坝的石墙正一点点滑向河中。

丹增赶到时，央金已经在现场了。

格桑书记一反平时病恹恹的状态，在那里高声指挥人们往洪水冲刷的堤坝下投下石块、木头和沙袋。石头、沙袋不断被强劲的洪水冲走。

格桑书记抱起一块厚实的木板跳入了水中。他艰难地把那块木板竖起在正在崩塌的堤坝前，他虚弱的身体在水流中摇晃不定。

丹增犹豫一下，也抱起一块木板跳入了水中，他的木板竖在了格桑的木板的下方，岸上的人们把石块和沙袋投到木板跟前。两个人都被汹涌的洪水冲得摇摇晃晃。又有人抱着木板跳下来，那是匆匆赶来的普布。人的身体和木板挡住了洪水激烈的冲刷。在他们眼前，新的堤坝又露出了水面。竖立的木板也被上面的人们用铁丝和堤坝结为一体。

洪水的冲击没有那么猛烈了。

普布对格桑喊："杨医生让我来接丹增回拉萨！学校通知他回去！"

格桑脸色惨白，他点点头，露出一点笑意，抱住木板的手渐渐松开。他还想说点什么，刚张开嘴，一个浪头涌起，整个人就消失了。

岸上传来央金凄厉的喊声："格桑没啦！"

117 拉萨河边，林卡

人们又开始逛林卡了。他们曾经单调灰暗的服装也变得五彩缤纷。

挂在电线杆上的喇叭没有了声响，但林卡里四处是手提录音机中传出的歌声，四处回响着抒情的曲调。流行的曲调，传统的曲调。人们跳着传统的舞蹈。

丹增和吴医生穿着夹克，雪白的衬衫上打着领带。杨谨医生齐耳的短发更短了，还烫起了波浪。

普布穿着锦缎面的藏装，更显得强健精神。

丹增："就没见你穿得这么漂亮！"

普布跪在草地上，把地毯铺开："你倒是从来就……造反派怎么说的？"

丹增自己开口："假洋鬼子！"

杨谨指指吴医生："那他也是了。"

大家大笑。

伙房卓玛背篓里背着青稞酒坛，手里牵着小卓玛，跟阿妈一起到了。她们不知道大家在笑什么，但也相跟笑了。

丹增对小卓玛招手，手里举着一摞小纸片："我带了礼物给你。"

普布哼哼："贵族家的臭讲究，几张纸片也算礼物！"

丹增不理会他，拿出一张，交到小卓玛手上。小卓玛在阳光下举起来，图片上是一朵花。

丹增对杨谨说："我从旧画报上剪下来的。"

小卓玛把画片翻过来，是丹增手书的藏汉英三种文字。

卓玛手指画片，用藏语说："梅朵。"

丹增点头，翻过画片，指着藏文："对，梅朵！"

丹增的手指向汉字："花。"

小卓玛也顺畅地念出来："花！"

丹增的手指滑向英语："弗莱尔。"

小卓玛张嘴，却没有发出声音。大家笑了。

丹增又张大了嘴，念："弗——莱——尔——"

小卓玛仍然没有念出声来。

众人大笑，小卓玛也笑了。

没有人注意到央金出现。小卓玛跟着丹增念画片的时候，她止住了脚步。众人大笑时，央金走过来，把她带来的苹果放在大家面前："乡里新建的果园结果了！"

　　阿妈又陷入了自己那种心满意足而又恍恍惚惚的沉默中。当年憔悴不堪的脸变得圆润饱满，像只铜器一样闪闪发光。

118 寺院大殿

普布回到了寺庙。

他和丹增，带着小卓玛和伙房卓玛重回故地。

他进入大殿，几个画师站在脚手架上彩绘壁画，在没有被灰泥与彩画覆盖的地方，还露出往年的标语痕迹。

大殿上佛像依然慈悲庄严。

他在佛像前燃烧的金灯中，一一添上酥油。

他抬头时，迎接到了佛像那下垂的怜悯目光。

他走出有些阴暗的大殿，阳光晃得他有些睁不开眼。

寺院的赭红墙根下，鲜花盛放。

普布说："好多年了，就像上辈子的事一样。"

119 寺院，僧舍

他来到当年居住过的僧舍。推开小院的木门时，楼上响起清脆的铃铛声。

楼梯口露出一张和他当年的年龄相仿的少年喇嘛微笑的脸。

少年喇嘛："你的孩子吗？她真漂亮。"

"我的孩子还没有出生，她是我外甥女。"

少年喇嘛招呼小卓玛上前，把一道护身符戴在她身上，表情老成："这些孩子不该再有动荡不安的苦痛了。"

普布笑了："我住在这里的时候，也就你这个年纪吧。"

"那么，你就是我前世的徒弟了。"

"你是新的多哲活佛？"

"对，他们说我是第九世了。"

普布向少年活佛献上一条哈达："我当上运输公司的卡车司机了。"

少年活佛笑了："我的前世是多么讨厌机器时代啊。可是，如今满世界都是新奇的机器了。"他把身边一个饭盒式的录音机打开，里面传来汉传佛教的梵唱。"我去五台山朝佛带回来的。我也喜欢这些新机器。"

丹增也给多哲活佛献上哈达。

普布介绍："以前夏佳家的少爷。"

"我知道，夏佳家是前世多哲的慷慨施主。"

丹增："我在印度看见他了。"

普布："你怎么从来没说过。"

"他死了。"

少年活佛眼光灵动："往生的人，又回来了。"

普布告辞时，少年活佛说："我知道你是谁了。这房子里还有你的东西呢。现在该物归原主了。"

是那只海螺化石。"大家至今还在说那个喜欢机器的喇嘛。"

120 一组交替的场景

丹增在写信。

"……你们记得普布吧，那个搞坏了我们家闹钟的普布。我们两个，还有你们不认识的吴医生，李工程师，我们修了长长的水渠，又修了一个水电站。那天晚上，就是我们几个，把整个夏佳村点亮了。"

瑞士的老爷在念信，太太和罗布次仁在听。

"不光是夏佳庄园，而是所有的房子，还有新修的小学校和乡政府，一下子就亮了。你们不相信吧？我也不敢相信，电灯都把村子点亮了，我还不敢相信！杨谨医生说，这就是解放。"

丹增给小卓玛带去彩色积木，阿妈不言不语，含笑看着他。

"央金，普布的妹妹，是干部，是夏佳乡的乡长。夏佳乡管着三个过去夏佳庄园那么大的地方。不过，她现在管不着我了。我过去就喜欢她。现在，我爱上了她。但是，普布不同意，他说我总是给他们兄妹带来灾难。他爱他的妹妹。但是，杨谨医生和吴医生都告诉他，把人分成不同的人，从而制造出许多痛苦的时代，终究过去了。"

普布开着卡车，旁边坐着伙房卓玛和他们新生的儿子。

"普布总是很神气，倒霉的时候神气，如今就更神气了。他的妻子以前很胖，后来瘦了一些，生下他们的儿子后，又胖起来了。"

几个学生戴着哈达在拉萨机场登上了飞机，丹增在候机楼窗前使劲挥手。

"我的学生考上大学了，北京和成都的大学。我教他们英语。我还在向同事学习汉语。我们，有汉族老师，也有藏族老师，准备编一本厚厚的字典。对了，那天还来了两个美国教授，说他们愿意提供帮助。明天，我去布达拉宫前拍一张照片，你们就可以看到我现在的样子了。"

瑞士，太太拿着丹增在布达拉宫前的照片。照片上，普布穿着西装，雪白的衬衫，明亮的眼镜，头发被风吹得有些零乱。

121 拉萨河边

夏天的拉萨河边风景如画。

普布："他是好人，但他的出身会耽误央金的前途！"

吴医生："你知道我的出身吗？"

"解放军！"

"我也是爹生娘养，那时还没有解放军！"

杨谨医生："老吴是大资本家出身，比夏佳家还阔气。"

吴医生："你以后也不必跟我们来往了，你是穷苦人出身，我们出身不好，会误了你的前程！我也跟你说老实话，就是因为我的出身，也耽误了我自己的前途！也影响了杨谨医生的前途！"

杨谨医生："老吴！"

吴医生挥挥手，这个温文尔雅的人真的不高兴了，气咻咻地走到了一边。

杨谨医生："普布，你虽然调走了，我不再是你的领导，可还是要批评批评你。"

普布："吴医生真是……"

杨谨医生："是啊，他当少爷的时候，可比丹增阔气多了。那时西藏很少有人有小汽车吧。吴家可是有一台小汽车专门接他上学放学。"

普布："……"

"照你普布同志的思路，我也该离开他？不，我不会的。"

普布还不服气："可他当少爷时没有欺负过你！"

杨谨医生在草地上坐下来："要是你是丹增，有没有勇气像他一样，到了国外，又回来，又这样一心一意对央金好？他是有错，甚至是很大的罪过，但无论付出多大代价他都自己在改，你能做到吗？"

普布不语。

"出身不保证人不犯错，也不决定一个人永远都错！"

122 中学，办公室

普布冲进来。正翻阅着厚厚的辞典、写着一张张卡片的丹增把背朝向他："请你出去。"

普布愣了："什么？"

丹增转过身："请你离开我的房间。我要和人在一起，不要和过去、和阶级待在一起。"

普布不由分说把他从椅子上拉起来："你帮我一个忙，以后我就不再找你了。"

123 学校大门

校门口，央金牵着个孩子。

央金有些局促："少爷。"

"央金乡长，请叫我丹增老师，这个世界上再也不会有什么少爷了。"

普布看看央金，对丹增说："她和我想得一样，你帮我看看这孩子聪不聪明？"

"眼睛亮亮的，脸蛋红红的，聪明。"

普布急了："不要你夸他的脸蛋，我要你看他能不能读到大学，将来像吴医生他们那样！"

"哪来的孩子？为什么偏偏要他当医生？"

"我要他当上医生，这才配得上他新的爸爸妈妈。"

"跟旧社会的想法一样，老爷的儿子将来也是老爷！"

"可怜的孩子，他爸爸妈妈死了。记得吗？我们救水电站的时候，洪水把他的家和家人都冲走了。你说能读书，就送给杨谨医生和吴医生。要是不能，我就自己养着。"

丹增有些感动："唉，都是好心人啊！可我看不出来。我的意见，让这孩子先跟小卓玛一起，小卓玛爱认字，看他会不会跟着喜欢。"

央金迟疑："你会教他们吗？"

"我的荣幸。"丹增捂着胸口，躬腰施礼。

124 中学门口

丹增衬衫雪白，穿上了一身藏装，推着自行车走过星期天空荡荡的操场。在学校大门口，他又被央金堵住了："老师该给学生上课了。"

丹增缓缓摇头："不，我要去送一封信，一封很重要的信。"

"我替你交到邮局。"

"不，这封信我要亲自面交。"

"你放心地交给我吧。"

丹增拿出上面没有一个字的信封："同志，你低估了这封信的重要性。"

央金笑了。"杨谨医生说得对，人的改造真不容易。人民政府把你的少爷脾气改好了，英国人传给你的坏东西又冒出来了。"

丹增用英语大叫："什么?！"

不由分说，他被央金拉到了普布家。

125 普布家

　　小卓玛跑过来，站在丹增面前："今天不上课吗？"格桑也眨着大眼睛站在旁边。

　　"上。上，"丹增说，"只是老师没有……"他的眼光落在了墙上，那是一张"文革"中的宣传画，工农兵怒斥"反革命"。三个工农兵和一个反革命。

　　普布把他们拉到画前用藏语："人。"

　　孩子没有应声。

　　他念汉语："人。"

　　小卓玛指着其中一个："好人！"

　　格桑指着另一个："坏人！"

　　丹增明白了："身份，身份。"

　　丹增揭下画，窜进了卧室。并把要跟进去的伙房卓玛和小卓玛都推了出来。还把门紧紧关上。

　　卧室门又打开："剪刀，我要剪刀。"

　　他又把门紧紧关上。

丹增又从门上探出头来："笔，卓玛，笔。"

伙房卓玛摇头。

丹增："你没有笔，我是说这个卓玛，天老爷，一家人两个卓玛！"

小卓玛递上了笔。

门又关上了。

伙房卓玛问："他要干什么？"

普布摇头："这个人是不能让他得意的。"

丹增带着得意的神情从里屋走出来。让孩子们走到跟前，给他们一人一张画片。小卓玛和格桑一人一张，普布的小儿子也要。"好吧，这张给你。"那是用那个反革命剪成的。他举起手中的画片，念道："人！"

小卓玛看着手中的画片："好人！"

格桑拿着穿工装的画片："普布！"

丹增翻过画片，指着上面他写的三种文字提高了声音："不对，是人！"

两个孩子不说话了。

丹增看着普布："看来孩子们不能跟着你，为什么他们突然变笨了。"

普布看着画片，说："剪刀，给我剪刀。"

他从丹增手中拿过画片，修剪起来，他甚至把人的部分头发和耳朵都剪去了，只剩下充满画面的脸。修剪完毕，他举起画片，两个孩子齐齐念出声来："人！"

丹增瞪大了眼睛。

五大三粗的普布动起剪刀可比丹增灵敏多了。剪刀在他手上越来越快，纸条从他指缝中逶迤而下。片刻之间，余下的三个人头像都被他修剪好了。翻过来，丹增刚写上去的字还在。

丹增拿起一张，两个孩子用藏语念："人！"

又拿起一张，他们用汉语念："人。"

再拿起来一张，普布用英语念："人。"

两个孩子却用汉语念："坏人！"

丹增翻过画片，手里却是那个被漫画化的要被打倒的人。

院子里已经架起了一块小黑板。

小卓玛拿着小画片大声认字："天，天空的天。"

她用汉语念，用藏语念，用英语念。

126 夏佳庄园，门口

天下着雨，丹增穿着雨衣，骑自行车到了庄园门口。他脱下雨衣帽子，按响了自行车铃铛。

央金把门打开，看看天，看看一身雨水的丹增。

丹增说："今天上午我没课。我来送一封信。"他把自行车停好，从贴身的口袋里掏出那封写成多时的信。"这封信我必须亲自送到你手上。"

央金其实已经明白了，她双手从丹增手里接过信。

丹增说："那么，再见！送了信，我要作为写信的人开始盼望回音了。"

央金目送丹增少爷的背影离开。自行车碾过泥路，一个个水洼，水花飞溅。

雨哗啦啦下得更大了，把她目送的视线遮断。

雨很大。丹增哼着歌奋力骑行。

普布的卡车在丹增身边停下。

丹增低头往前骑，普布一拐方向盘，把他夹在了汽车和一株大树之间。丹增不说话，伸手抹去车轮溅到脸上的泥水。

普布下了车，也不说话，举起他的自行车扔进了车厢。

等了片刻，丹增不动。卡车就慢慢开动了，但只往前开了几十米，又飞快倒了回来。

丹增拉开驾驶室门，上车了。

车开出一段，普布开口了："过去你到印度是怎么走的，骑马，还是走路？现在骑自行车可是快多了。"

"住嘴！"

"你以为大雨天出来，把自己弄得湿淋淋的，我就会可怜你吗？跑到那边你怎么说，说我普布欺负你了？"

丹增扯下挂在车上的毛巾，把脸擦干净了，又擦干了头发。他在后视镜里看看自己，才说："我再也不会逃跑了。我自己给自己当邮递员，我给央金送求爱信去了。"

车子猛然停下，熄火了。车窗上的雨刮器停下来，雨水立即模糊了他们的视线。

普布叹息一声："哦，我说过不可以。"

"你说过？"

"我说过。"

"因为什么？因为你翻身了？你以为翻身就是爬到上面去，然后把另外的人推到下面？"

普布趴在方向盘上："妈的，这些话是跟谁学的？"

"经历了那么多好事情和坏事情，告诉我的！"

"杨谨医生说的跟你一模一样，我夜里睡不着，仔细想想，也想不出别的道理来。"

丹增还想说什么，卡车一声轰鸣，又上路了。

128 运输公司，食堂充作临时教室

下面坐着几十位穿着新工装的藏汉学员。

讲台的大桌子上放着一个大家伙，一张雨布蒙在上面。

普布调整一下有些紧张的情绪："我像个老师吗？但我不是老师，是教练。对了，你们不用坐在下面。坐在下面什么都不能看见。"

学员们凑上来。

普布拿出那只齿轮："对，就是这个东西，你们坐在下面，怎么可能看见。"

学员们哄然一声笑了起来。

他把那只齿轮在桌子上旋转起来。然后，扑倒："对，就是这个东西，你们看不见，因为这个东西都在机器里面。现在，我来教你们看见！"

他揭开那张雨布，一台汽车发动机，一侧的外壳已经卸开，露出了里面互相咬合的大小不一的齿轮。他用手转动皮带轮，那些齿轮缓缓转动起来。

普布的声音："机器开动，你们开动机器，我要你们知道机器为什么开动！伙计，机器不动了，怎么办？不是像牛一样鞭打它，而是懂得它，爱护它，修理它！"

129 望果节的田野

拉萨河谷的田野。丰收在望的田野。

早晨，太阳刚刚升起。微风吹拂，正在抽穗的青稞与小麦麦芒上映射着阳光。

僧人们在山前煨桑，祈祷，根敦格西喇嘛领诵，众僧应和。喇嘛们把手中的糌粑粉投入桑烟堆，升腾而起的青烟直达上天。

接着，盛装的人们开始歌唱。喇嘛们高擎起唐卡上的佛像为前导，盛装的百姓们跟在后面，拉开长长的队伍，围着即将丰收的庄稼地转圈，歌唱。

央金牵着小卓玛顺着田埂跟着农民们转圈歌唱。

他们的四周，丰收在望的田野麦浪翻沸。

阿妈也走在队列里，走一阵，她累了。站下来，脸上仍然是平静的笑容。游行的人一个个超过她，去到了前面。最后，剩下她一个人，站在麦浪翻拂的碧绿草野中，远处，悠长曼妙的歌声传来，她仰头望望天空，天空中白云如练。

130 夏佳庄园，原日光房

　　央金和杨谨医生站在楼上窗前，从那里可以望见河滩上野餐的人群。

　　杨谨医生："乡长同志，走吧。我们该跟大家在一起。"

　　央金却坐下了。

　　杨谨医生从镜子里看着她："央金，你今天特别漂亮！"

　　"姐姐。"央金从桌子抽屉里拿出丹增给她的信，塞到杨谨医生手上，"他的信，好多字我不认识……姐姐知道，我只上过扫盲学校。"

　　"要我念念？"

　　央金羞怯地低下头，她又抬起头来，从镜子里看着杨谨医生，眼睛灼灼闪光。

　　杨谨医生清清嗓子：

　　"亲爱的央金：我现在很自豪，我会有勇气把这封信亲自送到你手上。我对你是有罪的人。正是我的罪过造成了你那么多痛苦。但是，经历了那么多的事情，和二十几年——从一九五九年，到了一九八二年，这么长的时间，一个老爷对仆人高高在上的喜欢，变成了深深的敬佩和爱情——一个男人对一个女人的爱……"

央金转身扎在杨谨医生胸前哭出声来。

杨谨医生没有劝解，等她哭声小了，又继续念："……佛教的教义说众生平等，今天，我觉得这样的时代真正到来了。我们经历的痛苦让我明白，这样的时代真的到来了。所以，我有勇气请求你嫁给我，做我的妻子。为此，我可以像外国人一样下跪，作为一个男人面对一个心爱的女人，而不是作为一个罪人，请求你嫁给我，做我夏佳·丹增的太太。"

央金看着镜子里的自己，眼前闪过很多画面。青年联谊会，丹增邀她跳舞，她跑开。拉萨的街道上，丹增对着伤害了杨谨医生的普布愤怒地吼叫。当然，还有那个动乱之夜，丹增强暴了她，却又伤心无助地哭泣。丹增和普布在水电站跟着水渠里的水奔跑。丹增在教小卓玛认字。

央金擦掉了眼泪，杨谨医生拿出一管口红，为她轻轻涂抹。

131 寺院，僧舍

年轻的多哲活佛含笑看着普布和丹增。

普布："我在这里的时候，有另外一个名字。"

"当然，一个法名。"

"不是法名，"普布指着丹增，"多哲活佛给我用的是他的名字，丹增嘉措。"

"真的?！"

"他对夏佳老爷说，这样，我出家的功德就不属于我，属于夏佳家，属于这位少爷。"

"修行也罢，善恶的累积也罢，都是自身的功德与罪孽，别人怎么代替。哎，也许伟大的教义被曲解了。"

"我要忘记这个名字，请活佛解除我这个名字！"

活佛："你的心觉得解除，就解除了。"

"难怪你不能潜心修行，道理却在这里。"丹增笑着对普布说，继而又很严肃地说，"请活佛做证，我收回这个名字。"

活佛拉动手里连着转经筒的绳子，经筒旋转，经筒上方悬挂的铜铃发出一串清脆的叮当声。普布闭上眼睛，丹增轻轻叫："普布。"

普布没有应声。

丹增再叫一声，普布睁开眼睛，开心地笑了。

132 瑞士，夏佳家

看起来到了五十上下的罗布次仁在念信，老爷和太太已经白发幡然：

"……我要娶央金了。我很幸福。我和普布又成了朋友。我对他说过，除非我们是朋友，不然，我的婚姻不需要他的祝福。这个家伙，他拿出了他的裁缝父亲留下的丝线，他一直的珍藏，好绣一幅吉祥八宝祝福我和他妹妹。他不告诉我，但我知道……"

同时画面叠印：

普布拿出父亲留下的针钱包，里面排列着一绞绞彩色的丝线。

伙房卓玛和央金在刺绣，渐渐，她们手下，莲花出现，宝幢出现，双鱼出现。

两人在普布和阿妈面前把绣品展开，一幅吉祥八宝图展现在眼前。

"……我的爱情想得到父母的祝福，也许你们也该回来看看了，很多那时候离开的人都回来了，有些人留下来，有些人又离开了。我想我应该得到来自亲人的祝福……"

太太饮泣不止，老爷表情复杂，对罗布次仁："要么，你先回去看看……"

133 中学，办公室

普布口述，丹增写：

"我是普布。就是差点被挖掉眼睛那朗生。我不想给你们写信。但丹增说，我是他的朋友。不是给过去的老爷太太写信，而是给朋友的父母写。作为朋友的父母，我愿意原谅你们的罪过。当然，你们得认识到曾经犯下过罪恶。我和丹增想出了一个好主意，我们要办一个夜校！丹增说，他会教孩子们认字读书。我喜欢机器，我是开卡车和拖拉机的教练。所以，我们要办个学校！你们不相信吧，不相信我们修了个电站，又办起了学校。因为西藏解放了！丹增要我邀请你们回来。那你们想回来就回来吧。要是你们说现在的西藏好，比你们当老爷的时候好，那我就真的会原谅你们了。"

面画叠印：

普布和工人们在修理一幢旧房子的门窗，那是青年联谊会过去的小楼。

央金和伙房卓玛在院子里清理草坪。

丹增在新华书店挑选上墙的画片。

丹增说："好了，该写我自己的话了。"

"……我把人像剪开，但他们还是不一样的人，普布把他们的衣服，还有一些头发都剪掉了，结果孩子们就念出了我要教给他们的字：人。年轻的多哲活佛说，这也是佛教的根本。杨谨医生说，这才是真正的解放。"

画面叠印：

丹增给刻了字的木牌描红。

普布在小楼的院子门口，钉上木牌：普布丹增学校。

丹增在指点："有点歪，再过来一点点，一点点，好！"

普布在夏佳庄园门口，钉上同样的木牌：普布丹增学校。

134 小学校门口

下午，放学的铃声响了。

两个孩子，小卓玛和吴格桑背着书包走出了校门，在交通岗的维持下穿过马路。

普布牵着自己的小儿子向他们招手。

普布身边站着从国外归来的罗布次仁。

两个孩子来到他们身边。

小卓玛问罗布次仁："阿妈说，你是我爷爷奶奶派来的。"

罗布次仁还是以仆人的姿态躬下身子："他们吩咐我回来看看。"

小卓玛："你以前就是舅舅的朋友吗？"

罗布次仁："应该是，但也不是。"

两个大人从孩子们身上取下书包，拎在手上。

小卓玛："我知道了，就是舅舅和丹增叔叔的朋友，不对，是我阿爸和舅舅的朋友，但以前不是真正的朋友。"

普布大笑："聪明的孩子！因为现在我用不着恨他们了！"

小卓玛和吴格桑牵着普布的小儿子，走在前面去了。

三个孩子在夕阳明亮的光线中行走，前方是布达拉宫雄伟的剪影。

普布有些恍然，依稀看见自己和丹增少爷在拉萨旧日的街道，走在上学路上。

前面出现了当年青年联谊会的小楼，如今的普布丹增学校。

远远地，丹增和央金、吴医生和杨谨站在院门前，向他们摇动手臂。

135 普布丹增学校

小楼上，教室里灯光明亮。

下面，学生整整齐齐地坐在课桌后面。小卓玛和格桑也在这些学生中间。教室后排，站着许多家长。央金、杨谨医生和伙房卓玛都站在教室后面。

普布走上讲台。他看看后排的家长，举起手："唯一一次，家长们可以留在教室。下一节课……"他躬身做了一个请的手势，孩子们笑了起来。"那么，我们开始。欢迎诸位光临普布丹增学校。普布丹增是两个人。我是普布，"他拿出那块海螺化石，"普布和丹增小时候，在神山上找到了这块化石。我们知道，西藏是世界上最高的地方，这块石头告诉我们，这个最高的地方，在很久很久以前，是一片汪洋大海……"

镜头拉开。

大海蔚蓝。雪峰齐天。阳光灿烂。

镜头回到教室。

普布说："现在有请丹增老师！"

西装革履的丹增走上讲台，开动幻灯机。

幻灯打出太阳的光芒，藏语："光！"

"光！"

幻灯打出灯的光芒，汉语："光！"

"光！"

幻灯打出眼中深情的凝视，英语："光！"

"光！"

镜头再度拉开。

教室里光线明亮。

整幢小楼光线明亮。

整个拉萨城，一片明亮的灯光。

整个西藏的天空，星光璀璨深远，闪烁着迷人的亮光。

字幕：

十年后，杨谨医生夫妇退休后回到内地城市。他们领养的藏族孤儿吴格桑医学院毕业后回到西藏，成为一名外科医生。

普布退休后，出任儿子开办的汽车修理厂技术顾问。

丹增现为西藏大学语言学教授，央金已退休，他们的女儿小卓玛是航空公司空乘人员。

　　夏佳老爷和太太相继病逝于国外……